集英社オレンジ文庫

魔法使いのお留守番(上)

白洲　梓

本書は2022年9月、WebマガジンCobaltに掲載された短編小説『魔法使いのお留守番』をもとに書き下ろされたものです。

魔法使いのお留守番

上

Holding The Wizard's Fort

CONTENTS

魔法使いのお留守番
Holding The Wizard's Fort
CHARACTERS
ヒマワリ
金の髪と、向日葵の花のような虹彩を持つ少年。記憶を失い傷ついた状態で、"終島"に流れ着いた。

アオ
伝説の古代文明の遺物である青銅人形。
人間の感情に興味津々で、小説を読むのが好き。
クロ
千年生きると言われる竜の一族の、最後の生き残り。
竜の習性から、きらきらしたものを集めるのが好き。
挿画 kokuno

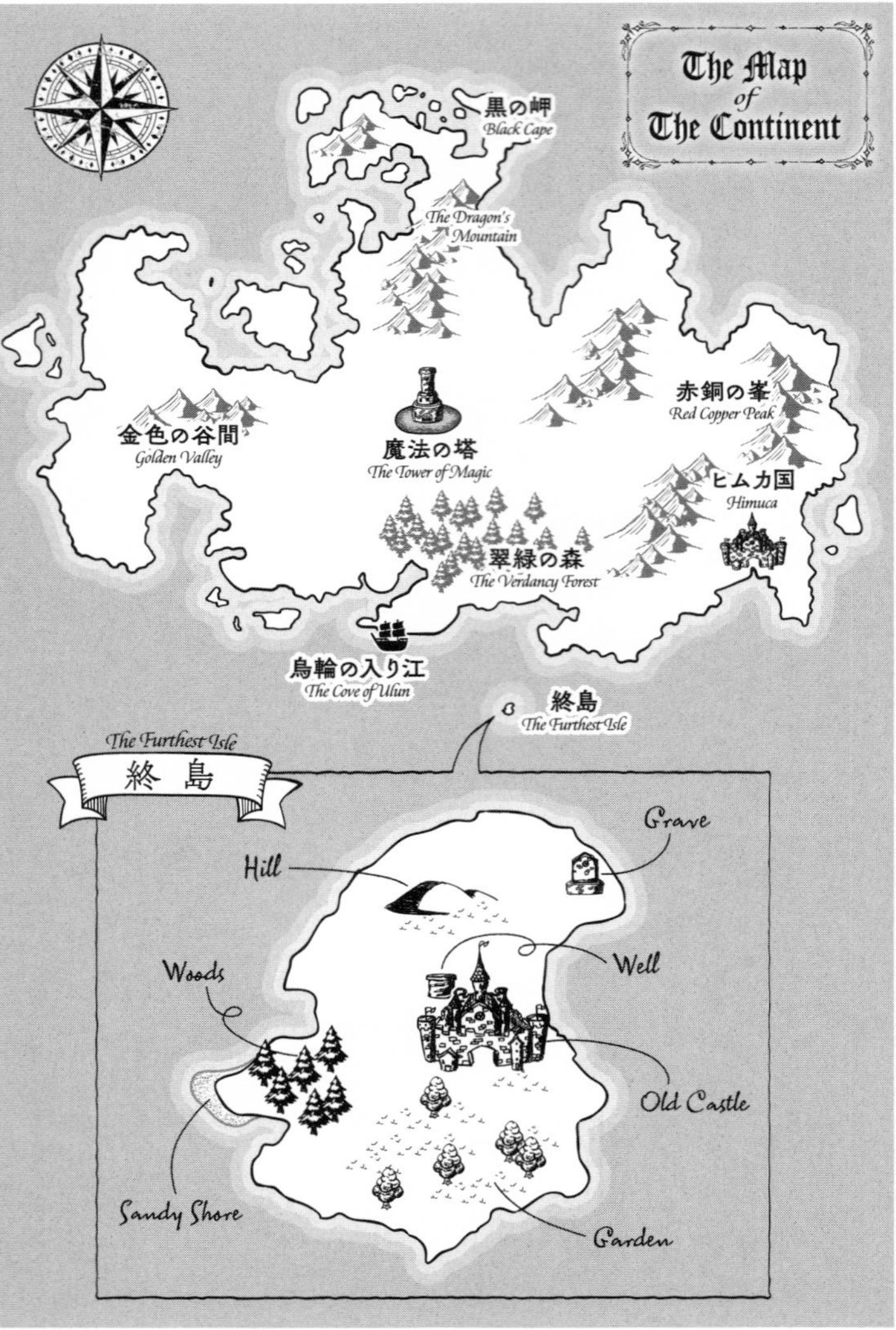

The Map of The Continent
黒の岬
Black Cape
The Dragon's Mountain
赤銅の峯
Red Copper Peak
金色の谷間
Golden Valley
魔法の塔
The Tower of Magic
ヒムカ国
Himuca
翠緑の森
The Verdancy Forest
烏輪の入り江
The Cove of Ulun
終島
The Furthest Isle
The Furthest Isle
終島
Grave
Hill
Well
Woods
Old Castle
Sandy Shore
Garden

魔法使いのお留守番

Holding The Wizard's Fort

上

一　魔法使いシロガネ

その島に住む魔法使いは、不老不死の秘術を得たという。

大陸の最果て、南に広がる蒼《あお》い海の向こうに小さな島が浮かんでいる。終島《はてじま》と呼ばれるこの島は、四方に反り返った断崖絶壁が高く聳《そび》え、訪れる者を拒絶するように波を弾き返していた。その上に、蔦《つた》に覆《おお》われた古城がぽつんと建っている。

それがかの魔法使い、シロガネの住処《すみか》である。

『大魔法使い』と畏敬《いけい》を込めて呼ばれるシロガネの名を知らぬ者は、この大陸にはいない。その輝かしい活躍譚《たん》は人々を魅了し、魔法使いたちは彼の記した魔法書を貪《むさぼ》り読んだ。一方で、彼の名は恐れられてもいる。東西南北を司《つかさど》る四大魔法使いが束になっても、彼には敵《かな》わないという噂《うわさ》だった。そんな大魔法使いはある時から、一人孤島で暮らし始め、以来その姿を見た者はほとんどいない。

そのシロガネが、これまでどんな偉大な魔法使いでもついぞ得ることのできなかった、幻の力を得たという。不老不死だ。

噂を聞きつけて、大陸中の王侯貴族が色めき立った。その秘術の恩恵に浴そうと、彼の住む離れ小島へ向け、数多《あまた》の船が港を出航していった。

しかし何人《なんぴと》も、不老不死を手にすることはできなかった。

帰還した使者たちは、島に入ることすらできなかったと平身低頭で報告し、主人から重い罰を受けた。まれに、島に入れたという者が戻ってくることもあった。しかし不思議なことに、彼らはそこで何があったのかを語ることができなかった。語ろうとすれば気がふれ、拷問《ごうもん》によって口を割らせようとすれば、その場で心の臓が止まり事切れた。

呪いだ、と人々は噂した。シロガネは不老不死の秘術を決して外部に漏らさぬように、彼らに呪いをかけたのだ。

諦《あきら》められない者たちは、幾度となく使者を派遣した。そしてその度に、同じ失望を味わうことになった。軍艦を率いて自《みずか》ら攻め込んだある国の王は、やがてぼろぼろの木片に摑《つか》まって命からがら戻ってきた。軍艦の姿は霧《きり》のように消え、海のどこにも見当たらなかった。

そうして彼らは泣く泣く諦め、皆失意のうちに天寿を全うしたという。

それでも時折、不老不死を求める者がまた、その島を目指して船を出す。

今、小さな船の上で島を見上げる男もその一人だった。

彼の主《あるじ》は、小さいが一国の王である。王は病にかかっており、何が何でも不老不死の妙薬を手に入れるようにと彼に厳命したのだった。

島にはほんの一か所、猫の額《ひたい》ほどの砂浜があった。双眼鏡を覗《のぞ》き込むと、その砂浜から岩壁に穿《うが》たれた急な階段が上へ上へと続いている。恐らくこの島の住人は、そこから出入りしているのだ。

彼が率いてきたのは、五人の兵士と記録係一人。大軍勢で攻め込んでもシロガネの前では無意味であることは先達の有様から知れたことだし、交渉するにも高圧的な態度に出るべきではないと考えていた。

「ここで待っていろ」

兵士たちに告げると、船を下りた。

足を踏み入れる時、彼は用心深く周囲を見回した。

当然シロガネは、不老不死を求めて訪ねてくる者たちを警戒しているだろう。どんな罠が仕掛けられているかわからない。

恐る恐る、砂浜に降り立つ。

矢が飛んでくる気配はない。ふう、と小さく安堵《あんど》の息をついた。

「――どちら様でしょうか」

頭上から、声が響いた。

ぎくりとして見上げると、崖の上から青年が一人、こちらを見下ろしている。黒い髪が日の光を受けて妙に鈍色《にびいろ》に艶《つや》めいて見えた。

彼がシロガネだろうか。

シロガネはすでに相当な高齢であるはずだが、不老不死を手にしたのなら今も若々しい容貌《ようぼう》をしていて不思議ではない。青年の白い面は大層麗《うるわ》しく、思わず見惚《みと》れてしまいそうだった。

しかし聞くところでは、伝説の大魔法使いはその名の通り、銀髪の持ち主であるという。

「大魔法使いシロガネ殿にお会いしたくやってまいりました。私はイクメ王に仕える、タジマと申します」

「魔法使いは、留守にしております」

やはり彼はシロガネではないのだ。一人でこの島に引きこもったというが、使用人がいて当然だろう。

「お戻りはいつ頃でしょうか」

「わかりかねます。――お引き取りください」

青年は冷たく言い放つと、背を向けて行ってしまう。

「お待ちください！　お戻りまで、待たせていただきたいのですが――」

「お帰りください」

突き放すような声だけが響いた。

ここで帰れば子どもの使いだ。追いかけようと、階段に足をかけた。

途端に、階段は砂となって崩れ落ちてしまった。侵入者を阻《はば》む魔法がかけられているのだ。見上げれば、すでに先ほどの青年の気配はない。

仕方なく、タジマは船の上で待つことにした。

それから数日、彼はひたすら待った。日が暮れ、夜が満ち、また朝が訪れる。

毎日昼になると、砂浜に下りて声を張り上げる。

「シロガネ殿はお戻りでしょうか！」

彼が外出先から船で帰ってくるのか、空を飛んでくるのか、はたまた世界中へ移動できるなんらかの魔法を使うのかは不明だった。少なくともこの唯一の出入り口である砂浜に、人影は一向に現れない。

「留守にしております」

尋《たず》ねる度、黒髪の青年が無情に答える声だけが跳ね返ってくる。

五日目の夜が過ぎようという頃、これはただの居留守なのではないか、と彼は考え始めた。

仕掛けられた魔法は来訪者に対する試練であり、これをくぐりぬけて城に辿《たど》り着いた者だけに大魔法使いと会う資格が与えられる、ということなのではないか。

彼は翌朝砂浜へ下りると、兵士たちに命じて崖の随所《ずいしょ》に杭《くい》を打ち込ませることにした。

こうなれば人力で上るしかない。

息を切らし汗だくになりながら、彼は杭に摑まり足をかけ、兵士たちとともにじりじりとよじ登った。

途中、幾度か転落するのを余儀なくされた。突然目の前に大蛇が現れ襲い掛かってきたり、ひんやりした手が足を引っ張ったり、ようやく登り切ったと思うとその上にさらに崖が現れたりしたのだ。いずれも魔法が見せる幻に違いなかった。

それでも彼は諦めなかった。病床の王のことを思えば、この程度のことでくじけるわけにはいかない。彼は自らが仕える王を心から尊敬し、崇拝《すうはい》していた。かつてはあれほど剛健であった主君の、あのやせ細った手。なんとしてでも、不老不死の薬を王のもとへ持ち帰らなくてはならない。

日が暮れる頃、彼らはついに崖を登り切ることに成功した。

ぐったりと地面に体を横たえ、肩で息をする。しばらくは動くことができなかった。

目の前には、背の高い木々が集まった林が広がっていた。その生い茂った緑の向こうに、遠目に姿を捉《とら》えていた古城が陰鬱《いんうつ》な雰囲気で鎮座している。

やがて日は完全に落ち、あたりは薄暗い闇《やみ》に包まれた。城の中から漏れる明かりが、窓越しにぼんやりと浮かび上がっている。

明かりの灯《とも》った窓は二つ。そのいずれかに、大魔法使いシロガネがいるのだろうか。

ここから先、どんな罠が張り巡らされているかわからない。

恐る恐る叢《くさむら》から様子を窺《うかが》い、やがて意を決して足を踏み出した。

「――侵入者です」

無機質な声が響いた。

ぎくりとして振り返ると、いつの間にか背後に見知らぬ男が一人佇《たたず》んでいる。

「侵入者です。排除します」

あの黒髪の青年ではなかった。同じく若いが、その髪は月の光を浴びてなんとも不思議な青緑色に見える。

唐突に伸びてきた手が、がしりと彼の太い首を摑んだ。一瞬で足が地面から離れる。

「うっ……ぐぅ……！」

喉《のど》を締め上げられ、息が詰まった。足をばたつかせもがいたが、びくともしない。兵士たちが剣を抜く音が響いた。彼らが青年を取り囲む。

片手で軽々と大の男を持ち上げる青年は、動じる様子もなく無表情にその様子を眺めた。

世界が回った。

気がつくと、彼は弧《こ》を描いて崖の外に放り出されていた。放物線を描いて海に落下する。

勢いよく、高い水しぶきが上がった。

もがきながら海面に顔を出すと、その頭上に黒い影がいくつも降り注いできたので、彼はあんぐりと口を開いた。

彼と同様に、海に放り出された兵士たちだった。


「帰ったか？」

朝日が差し込む城の一室で、クロはコーヒーカップを片手に新聞に目を落としながら尋ねた。

「ようやく船を出したようです」

アオが無感動な口調で返す。

昨夜クロが寝支度をしていると、城の外から悲鳴が聞こえた気がした。恐らくアオが侵入者を放り出したのだろうと思い、気にせずベッドに入ってぐっすり眠らせてもらった。どうせあの押しかけてきたどこかの王の使いが、城に忍び込もうとしたのだろう。

アオは朝食をテーブルに並べながら、少し不思議そうに言った。

「皆さん、飽きもせずよくいらっしゃいますね。不老不死とはそんなに魅力的なものなんでしょうか」

「甘いもの食べたら、次はしょっぱいもの食べたくなる、みたいなもんだろ」

「……？　その心は」

「欲望は無限ループ。富と名声と権力を手に入れたら、もっと何かが欲しくなる。やつらにとって、手に入らないものといえば、残るは不老不死くらいなのさ」

クロは読み終わった新聞を脇に置くと、こんがりと焼き色のついたパンに手を伸ばす。テーブルにはそのほかにもサラダにスープ、オムレツ、カリカリのベーコン、ヨーグルト、それから果物の盛られた皿が並ぶ。食事は一人分しか用意されていない。アオは食事というものをする必要がないのだ。

アオは人間ではなく、青銅人形である。

この島を守るために作られた古代兵器であり、地下で眠っていたところをシロガネが掘り返して再起動させた。以来、島の守護と城の管理を役目としながらここで暮らしている。見た目は見事に人間そのものだが、食事はしないし、血も涙も流さない。

しかし彼は、人と同じように感情を持っている。本人曰《いわ》く、「ほかの青銅人形には感情というものがなかったが、自分は異端で、失敗作だと言われた」とのことである。それが理由で廃棄処分になり、地下に埋められたという。

現代において、青銅人形は現存せず神話上の存在だと思われている。およそ千年前の世界大戦で、すべての青銅人形は破壊され消え去ったといわれていた。地中でスリープ状態だったために その争いに巻き込まれなかった無傷のアオが、結果的に唯一の生き残りとしてここに実在している。

なお、アオという名前はシロガネがつけたものだ。

理由は単純に、「青銅だから」。

「シロガネはいつ帰ってくるんでしょうね」

珈琲《コーヒー》を注ぎながら、アオが言った。

「不在だと言って毎回お客様を追い返すのも、少しばかり申し訳ないというものです」

「気分屋だからな。そのうちひょっこり戻ってくるだろ」

スープにパンを浸しながら、クロは肩を竦《すく》めた。

シロガネは長いこと、この城を空けている。だからクロとアオはいつも、彼に会いに来る――というか不老不死を求めてやって来る――客の対応をしなくてはならない。何が何でも不老不死を得ようとする大軍に攻め込まれることもあるので、留守番も楽ではなかった。

「――あ」

アオがぴくりと顔を上げた。

「来客です」

青銅人形の彼には、島に近づく者を感知する機能が備わっている。そんな時の彼の目は、ひどく金属質な光を放った。

またか、とクロはため息をついた。

「先に飯を食わせてくれ」

来客の一次対応は、クロの仕事だ。

ベーコンをかじりながら、窓の向こうに目を向けた。

海は静かだ。大軍勢がやってきたわけではないらしい。島の周りには、階段のトラップ以外にも侵入者を阻む魔法がいくつもかけられているので、そう簡単には入り込めない。

クロはのんびりと行くことにした。

朝食を平らげると、気乗りせずぶらぶらと外に出た。

島の西にある岬の先端まで辿り着くと、上着のポケットに手を突っ込みながら崖の上に立ち、足下を見下ろした。狭い砂浜の一角に、小舟が乗り上げているのが目に入る。

その中に、人影が横たわっている。

見る限り、一人。

身動きする気配もないので、おやと思った。漂流者の死体が流れ着いたのかもしれない。軽快な足取りで階段を下り、砂浜へと下りていく。近づくにつれ、その人影は子どもだとわかった。

舟の中を覗き込む。

歳《とし》の頃は十歳に満たないだろう、痩《や》せた少年だった。瞼《まぶた》を固く閉じた青白い顔には生気がない。対照的に、金の髪が光を浴びてきらきらと輝いている。それが綺麗《きれい》だったので、死んでいるならこの髪だけ切ってもらってしまおうかな、と考えた。

脈を診《み》る。

「ちっ。なんだ、生きてるな」

恰好《かっこう》はみすぼらしく、ぼろぼろの衣服にはあちこちに血がこびりついている。靴は履《は》いておらず、剝《む》き出しの足は血豆ができて潰れていた。

これが実は不老不死の秘術を狙う工作員ということはないだろうか、とクロは念のため警戒した。魔法で姿を変え、油断させて城に入り込もうとしているのかもしれない。

クロは魔法が使えない。

魔法使いとは、古《いにしえ》から続く特殊な血を引く一族のことだ。その血脈以外では魔法を発現することはない。だからもし変身魔法などを使われていても、クロやアオには見抜くこともできないし、魔法を解いて正体を暴くこともできない。

少年が微《かす》かに身じろぐ。

うっすらと開いた瞼の下から、ヘーゼルの瞳が現れた。ぼんやりとしたその目が、こちらを見上げる。その瞳は陽光に照らされ、螺鈿《らでん》のような複雑な色合いを閃《ひらめ》かせた。瞳孔《どうこう》を囲む虹彩《こうさい》は黄色味を帯びて花弁のように広がっており、瞳の奥に向日葵《ひまわり》が咲いているようだった。

血の気の引いた唇が、何か言おうと震えたように見えた。

しかし、少年はまたすぐに目を閉じ、動かなくなった。

クロは少し考えて、少年を両手で抱え上げた。

判別しようがないし、もしこれが本当に瀕死《ひんし》の子どもなら、見捨てると寝覚めが悪い。万が一の時は捕まえて放り出せばいいだけだ。シロガネが不在である以上、盗める魔法はここにはないのだから。

「どうしたんですか、そのお土産《みやげ》」

クロが少年を抱えて城に戻ると、アオが銀色の目を丸くした。

「拾った」

「犬や猫とは違いますよ」

「客間、使っていいか」

「どうぞ」

城に客を泊めるなど、記憶にある限りここ最近まったくなかったが、それでもアオは城中を常に綺麗に掃除することを怠《おこた》らない。長い間使っていない二階の客間には埃《ほこり》っぽさなど欠片《かけら》もなく、ベッドのシーツも清潔に整えられていた。少年を寝かせて、汚れた衣服を脱がせてやる。

クロはわずかに眉を寄せた。

小さな背中には、明らかに剣で斬《き》られたであろう傷が大きく斜めに走っており、腕にも足にも無数の傷痕《きずあと》が見えた。命に関わるほどの深い傷ではないが、どうやら釣りに出て波に流されたといった偶然の事故ではなさそうだった。随分《ずいぶん》と物騒な世の中である。沸かした湯と薬箱を持ってきたアオが、その傷を見て考え込むような顔をした。

「これは、きっと——あれですね」

「あれ？」

アオは人差し指を立てた。

「ずばり、追われてきた王子様！」

わくわくしたように声を上げるアオに、クロは呆《あき》れた。

「王子がこんな襤褸《ぼろ》着てんのか」

「変装ですよ、変装！　この間読んだ『薔薇《ばら》騎士物語』にまさにそんなエピソードが！」

興奮しながら、アオが少年を覗き込む。

青銅人形であるがゆえに感情表現が人間のようにはいかず、興奮しても顔が赤らむわけでもない。妙にゆらゆらと身体《からだ》が揺れ、目をかっと見開いている。それがわくわくそわそわしている時の表情であるとわかるのは、今のところクロとシロガネだけである。

『薔薇騎士物語』は最近アオがハマっている小説のタイトルだ。シリーズもので、新刊が出る度にいそいそと大陸まで買いに出かける。彼は人間というものに大層興味があり、研究に余念がない。しかしこの島では人に出会うことはそうそうないので、書物の世界にその手段を見出したのだった。

「継母《ままはは》の策略により無実の罪で城を追われたトリスタン王子が、何度も暗殺されそうになりながら仲間と一緒に困難を乗り越えるんです。ある時、農夫の恰好をして敵の目を欺《あざむ》こうとするんですが、ついに矢に射られて王子が崖から転落！　そこへヒロインのアデライード姫が現れて、川に流され傷ついた彼を助けて介抱するわけなんですが、そこからがもう怒濤《どとう》の展開で息つく暇も――ね、そっくりな状況でしょう?」

「誰が姫だ」

「なんにせよ、きっと訳ありですよ」

アオはてきぱきと手当てを終えると、水差しからボウルに水を注いで念入りに手を洗った。タオルを手に取ると、指の間から爪の先まで、一本一本神経質なほど丁寧に水滴をふき取っていく。そうすると、彼の褐色《かっしょく》の肌が少し輝きを増したように見えた。

子ども用の服はないので、クロは自分の寝間着を持ってきて少年に着せてやる。

すると、少年がぼんやりと目を開けた。

「あ、目が覚めましたか」

「……？」

戸惑ったように目を泳がせている。

少年は身体を起こそうとして、痛みが走ったのか顔をしかめた。

「寝てろ。身体中傷だらけなんだ」

すると少年は、一瞬ぽかんとして目を見開くと、眉を寄せた。そしてずりずりとベッドの上で後退《あとずさ》りながら、警戒するようにこちらの様子を窺った。

「誰……」

困惑したように周囲を見回す。

「ここは魔法使いシロガネの城だ。お前は舟で流されてきて、死にかけていたところを俺が助けてやったんだぞ。感謝しろ」

「魔法使い……？」

「一体何があった？　どこから来たんだ」

少年は呻《うめ》くような声を小さく上げた。両手で頭を抱え、呆然《ぼうぜん》としながら俯《うつむ》く。

「おい、大丈夫か？　気分が悪いのか？」

クロが手を伸ばすと、少年は「触るな！」と悲鳴のように叫んで、その手を弾いた。

「どうして……なんだこれ……」

うわ言のように呟《つぶや》き、青ざめた顔を上げた。

何か信じられないものを見たような表情だった。

クロは肩を竦める。随分と警戒されているらしい。

なんとか会話を成り立たせようと、クロは「お前、名前は？」と尋ねる。

「……名前」

「俺はクロ。こいつはアオだ。お前は？」

少年はくしゃりと、泣き出しそうな風情《ふぜい》で顔を歪《ゆが》めた。

「…………わから、ない」

「は？」

「覚えて……ない」

震えながら見開かれた瞳が、驚きと戸惑いの色を湛《たた》えている。

「……何も……思い出せない……」

クロとアオは顔を見合わせる。

縋《すが》るように、少年が言った。

「あなたたちは、僕の家族？」


とりあえず少年を寝かしつけ、二人は書斎で顔を突き合わせていた。

アオがそわそわしながら、本棚から本を一冊取り出す。

「記憶喪失！　まさに『アヴァロンの果ては青い』です！」

彼が掲げた『アヴァロンの果ては青い』も、やはりお気に入りの小説のひとつである。

クロは読んだことがないが、多分記憶を失った人物の話なのだろう。話し始めたら長くて面倒くさそうなので、そこには触れないでおいた。

「頭に瘤《こぶ》があったから、どこかで強く打ったんでしょう。それで記憶が飛んでいるのか、あるいは魔法で記憶を消されたのか……」

「傷だらけでやってきて、都合よく記憶喪失？　――怪しすぎる」

「そういうこともよくありますよ」

「それはお前の好きなフィクションの世界！　現実は違う」

アオは不満そうに頬《ほお》を膨らませた。それが人間が不満を表すポーズだと最近覚えたらしく、機会があるごとにわざとらしくやってみせる。

「むかつくわーその顔」

「人間っぽいです？」

クロは両手で勢いよく彼の頬を潰してやった。

「とにかく、シロガネがいない今、面倒ごとをここに持ち込みたくない。明日になったら井戸に入って、どこかの孤児院に預けよう」

井戸とは、城の裏にある古い枯れ井戸のことである。

シロガネが魔法をかけ、中に入れば大陸に瞬時に移動できるように通路を開いてある。シロガネ曰く、通路を開くには門となる場が必要なのだそうで、魔法使いによってそれは扉であったり煙突であったり、潜り抜けることさえできればなんでもいいのだという。シロガネがこの井戸を選んだのは、「不気味な雰囲気がわくわくして、中に入ってみたかったから」だった。

「おや、しばらくここで面倒を見るものと思ってました。怪我もしているし、記憶だってそのうち戻るかも」

「絶対にいわくつきだ。関わらないほうがいい」

「ええー、クロさんはあの子に何があったのか気にならないんですか？」

「どうせお前、間近で人間を観察できるからって面白がってるんだろ。——揺れてるぞ」

興奮した時の自分の癖に気づいて、アオははっとしたように動きを止めた。

「だって、子どもと接する機会などそうそうありませんから！　この島にやってくるのは、大抵おじさんばかりじゃありませんか。この間買い出しに大陸まで行った時に、子どもたちが遊んでいたので眺めていたら変質者扱いされて参りましたよ。女性を見る時は、だいたい向こうから嬉《うれ》しそうに寄ってきて話しかけてくれるんですけどねぇ。難しいものです」

「犬を飼うんじゃないんだぞ。だめだだめだ！」

「拾ってきたのはクロさんです」

「よって俺が責任をもって対処する」

アオは肩を落とし、がっかり、という表現をしてみせる。

「だめですか。ああ、シロガネがいれば記憶を戻せたかもしれないのに、残念です」

「あいつを待ってたらいつになるかわからん」

話を打ち切って、クロは書斎を出た。

クロの部屋は城の最上階、高く突き出た尖塔《せんとう》の上にある。

延々と続く螺旋《らせん》階段を上り、ようやく到着した部屋は薄暗い。しかし、窓から差し込むわずかな明かりに照らされて、そこここで月夜の海のように輝くものがあった。

棚の上、あるいは床の上にも、宝石、硝子《ガラス》、鉱石が雑多に積み重なっている。そのどれもがひんやりと妖《あや》しい光を放って、暗い室内をぼんやりと浮かび上がらせていた。クロはベッドにごろりと横たわると、枕元にあった硝子の瓶《びん》を手に取った。中には色とりどりのジェリービーンズが詰まっている。

ひとつ、口の中に放り込む。宣言通り、明日になったら早々に、あの子どもをここから追い出すつもりだった。以前に比べ、最近はシロガネを訪ねてくる者も随分と少なくなった。それでもまれに、突然大砲を撃ち込まれることもある。こんなところに子どもを置いておくべきではない。

天井から吊り下がった鈴が、チリンチリン、と音を立てる。

「――なんだよ」

『あの子が部屋から出たようです』

鈴の向こうから聞こえたのは、アオの声だった。この鈴は、離れた部屋にいても会話ができるようにとシロガネが作ったものだ。

「連れ戻せ」

『俺、メンテナンス中なので今は動けなくて』

アオのメンテナンスとは、風呂のことである。青銅製であるために潮風に当たって錆《さ》びるのを極度に恐れているので、毎日隅々《すみずみ》まで洗って自分を磨き上げ、濡れたままにならないよう確実に乾かすことに余念がない。だからアオの風呂は長い。

「……ちっ」

仕方なく起き上がり、窓から外を見下ろす。

小さな島だ。この塔からはそのすべてが見渡せる。

庭に白い影を見つけた。

ため息をついて、さっき上がってきた階段を下る。

少年は城の庭を出て、島の南端までふらふらと歩いていった。足を止めると、崖の上から海を見下ろし、その恰好のまま動かなくなった。

「その先は海しかないぞ」

クロが声をかけると、少年は困ったように振り向いた。

小さな裸足《はだし》の足が、暗い崖の淵《ふち》にかかっている。飛び降りて死ぬ気だろうか、とクロは思った。

「死ぬ気がないならこっちへ来い。そこは危ないんだ」

「僕、早く帰らないと――」

声が震えていた。

「家を思い出したのか？」

しかし、少年は悔しそうに首を横に振った。

「どこかに行こうとしてたんだ……そんな気がする。なのに、それがどこなのかわからない」

項垂《うなだ》れる少年に、クロはやれやれと肩を竦めた。そして彼の前に後ろ向きに屈みこむ。

「乗れ」

「え？」

「裸足で歩き回るな。余計に傷が増えるぞ」

しばらく逡巡《しゅんじゅん》してから、少年は諦めたように小さな体をクロに預けた。

彼を背負って歩きながら、クロは少し懐かしさを覚えた。人の肌の温かさを感じるのは久しぶりだ。アオは見た目こそ人型だが、触れると金属らしくひんやりしているのだ。

「ここ、どこなの」

「世界の端っこだ」

「ほかに、人はいないの？」

「住んでいるのは、俺とアオだけ。お前は大陸から流されてきたんだろうから、近くの港に送り届けてやる。家族か、身許《みもと》を知ってるやつが現れるかもしれないだろ」

城に入り、薄暗い階段を上って客間に辿り着く。

ベッドに寝かせると、少年は不安そうな表情を浮かべた。

「部屋から出るなよ。ここで寝てろ」

「……眠れない」

「寝れなくても、横になっておけ」

「この部屋、広くて怖い」

クロは眉を寄せた。

一緒に寝ろとでも言うつもりか、と内心で毒づく。子守りなどしたことがない。

「……ちょっと待ってろ」

ため息をついて部屋を出ると、クロは左手に酒の入った瓶、右手にグラスを二つ持って戻ってきた。

「強めの酒だから、子どもなら一口飲めばすぐ眠くなるだろ」

ほら、とグラスに注いで渡してやる。

少年は恐々《こわごわ》受け取ると、不安そうに匂いを嗅《か》いだ。やがて口をつけると、顔をしかめて咳《せ》き込んだ。

「苦い……」

「いい酒なんだぞ、贅沢《ぜいたく》者め」

そう言って、クロも自分用に酒を注いだグラスを傾ける。芳醇《ほうじゅん》な香りを吸いこんで、満足げに息をついた。

「さぁ、寝ろ。横になれ」

渋々と布団に潜り込んだ少年は、クロをじっと見上げた。

「……名前」

「ん?」

「あなたの名前、なんていうんだっけ」

「……クロ」

「クロ」

何か言いたげな目をする。クロは先手を打った。

「犬みたいとか言うなよ！　俺だってこんな名前は不本意なんだ。それなのにシロガネが……！」

クロという名もアオ同様、シロガネが命名したものだった。残念なことにシロガネのネーミングセンスは、ただ相手を見たままに表すだけという貧弱なものなのだ。

「違うよ。……ぴったりだな、と思っただけ」

少年は、肩まである自分の金髪を指に巻いて、くるくると弄《もてあそ》んだ。

「……僕は、なんていう名前だろう」

小さく欠伸《あくび》をする。

やがて、重たそうに瞼を閉じた。

寝息が聞こえてきて、クロはその寝顔をしばらく見守ると、音を立てないように部屋を出た。

翌朝、少年のいる客間に朝食を運んでいったアオが、ぱたぱたと駆け足で戻ってきた。オムレツを口に運んでいたクロは、もしやまたあの子どもが外に出たのかと表情を曇《くも》らせる。

「クロさん、来客です」

「早起きだなー」

「島が囲まれています」

クロは弾かれたように立ち上がって、庭に面したテラスに出た。

海上に浮かぶ、黒々とした軍艦の群れが目に入る。

「……どうしたの？」

異様な雰囲気を感じ取ったのか、アオの後をついてきたらしい少年が、不安そうに顔を覗かせた。

「お前は部屋に戻ってろ。外には絶対に出るなよ！　――行くぞ、アオ」

二人は城を飛び出し、砂浜を見下ろす崖の上に辿り着いた。

小舟が近づいてくる。舟の上には櫂《かい》を操る男が一人、それと鎧《よろい》を纏《まと》い、重量を感じさせる大きな剣を腰に提《さ》げた男が仁王《におう》立ちしていた。

こちらに気づいた鎧の男は、確認するように目を細めた。

「この島は、大魔法使いシロガネ殿の住まいと聞いている。相違ないか？」

よく響く、野太い声だった。

「魔法使いは留守にしております。お帰りください」

クロが取りつく島もない、冷たい口調で返す。

「俺はヒムカ国王の命で、人を探している」

男は砂浜に降り立つと、そこに置き去りになっていた小舟に目を向けた。昨日、少年が乗ってきたものだ。

「金の髪の少年がここにいるはずだ。連れてきてもらおう」

「……何故《なぜ》その少年をお探しなのか、お聞きしても？」

「我が国の罪人だ。逃亡したので追跡し、ここまで辿り着いた」

男の背後には、巨大な軍艦が五隻《せき》。

たかが子ども一人を追うために、これほどの船団が遣わされるのは異常だ。よほどの理由でなければ、こんな真似はしないだろう。

「もしかしてお前の想像、当たってるんじゃねーの」

げんなりしながら、傍《かたわ》らのアオに向かって小さく囁《ささや》く。

「王子様？」

「これ、捕まったら絶対殺されるやつだろ」

「やっぱり現実にもあるんですねぇ」

クロは考えるように腕を組んで、声を上げる。

「随分と物々しいですね。それほどの重罪人ですか？」

「危険人物だ。すぐに引き渡せ。身柄さえ確保できれば、我々はすぐに引き上げる」

「ご存じの通り、この島は魔法使いシロガネのもの。彼はどの国にも属さず、またその多大なる功績により、彼の領域内における治外法権が認められています」

「つまり、拒否すると？」

「我々は権利を行使するだけです」

「俺はヒムカ国王より全権を委譲されている。罪人を匿《かくま》う者があれば、これもすべて同罪であるとのお達しである」

重苦しい音が海の上に響いた。五つの軍艦に積まれた大砲すべてが、島に向けて照準を合わせるのが見える。

それを確認したアオが「行ってきます」とだけ言い残して、その場を離れた。

「もう一度言う。罪人の身柄さえ確保できれば、我々はすぐに引き上げよう」

「今すぐ引き上げていただけると嬉しいのですが」

「あの罪人の正体を知った上でそう申すか。子どもだと思って甘く見ると――」

「いえ、あなたの口の利き方が気に入らないので」

男は一瞬、何を言われたのかよくわからないという顔をした。

「なんだと？」

「初対面の相手にどうしてそんなに偉そうなのでしょう不愉快ですさっさと消えていただきたいですお帰りください」

淡々《たんたん》とまくしたてると、相手は嘲笑《ちょうしょう》するように唇を曲げた。

「魔法使いの使用人ごときが偉そうに。俺がこの手を上げれば、すべての船から砲弾がこの島に降り注──」

途端に、彼の背後にどん、と天まで届きそうな水柱が上がった。

驚いて振り返ると、目を剝いた先に立ちふさがっていたのは、先ほどまでは影も形もなかった、巨大な人型のゴーレムだった。男はぽかんと大きく口を開けた。

山のような巨体に浴びた海水をぼたぼたと垂れ流しながら、重々しい足取りで一隻の軍艦に近づいていく。動く度に金属質な重低音が響き渡り、波が大きくうねった。

ゴーレムはおもむろに軍艦に手をかけ、両手で抱え上げた。軽々と頭上まで持ち上げると、磨き上げられた輝く太い腕で船首と船尾双方から挟むように力を込める。ギギギ、と断末魔のような音が響いた。

ぐしゃり、と潰れた船の破片が四方に飛び散って、音を立てて波間へと落下していく。

「青銅人形……!?　馬鹿《ばか》な、あれは神話の中の……」

男は青ざめた顔で叫んだ。

青銅人形としての本来の姿に戻ったアオは、さらにもう一隻、軍艦を掴み上げて真っ二つに引き裂いた。

残りの船が慌《あわ》ててこの巨人に照準を合わせ、砲弾を撃ち込み始める。そのうちのひとつがドォンと音を立ててアオの肩に命中した。衝撃でのけぞり、肩の部分が大きくへこむ。

クロはそれを見て、舌打ちした。

古代技術を駆使した驚くほど頑丈な金属――青銅人形と呼ばれてはいるが、ただの青銅とは明らかに違う――でできているアオの身体は、大抵の攻撃ならなんなく跳ね返す。しかしいつの間にか、大陸における現代文明も随分と進歩したらしかった。

次々と砲火にさらされ、アオはわずかに後退した。致命的なダメージはないようだが、身動きが取れないらしい。

「撃て！　もっと撃ち込め！」

砲撃の合間に、男が叫んでいるのが聞こえた。

クロは「しょうがねぇなぁ」と呟くと、躊躇《ちゅうちょ》なくその身を崖から躍《おど》らせた。

海に向かって落ちていくクロの身体が、ぐにゃりと変形する。

次の瞬間、質量が一気に膨れ上がり、何かが爆発するような音が響き渡った。

空に向かって闇色の翼が大きく広がり、疾風《しっぷう》を巻き起こす。

姿を現したのは、鈍色に光る黒い鱗《うろこ》を持つ巨大な竜であった。

砂浜の男も、船の上の兵士たちも、翼を羽ばたかせ身をくねらせる竜を呆然と見上げている。

「りゅ、竜……？」

「まさかそんな……」

「竜は絶滅したはずだろう！」

その身を竜に変化させたクロは、おもむろに牙を剝き出しにし、口を大きく開いた。

勢いよく業火が放出され、一隻の軍艦に浴びせられた。船は瞬時に燃え上がり、黒々とした炭になって波間に引きずり込まれていく。

約二百年前、竜の一族は滅びたといわれている。原因は、人間による竜の乱獲だった。

竜の血には傷や病を治す効力がある。人類の三分の一が命を落としたとされる疫病《えきびょう》が世界中に蔓延《まんえん》した際、その血を求めて、人々はそれまで隣人として共存していた竜たちを虐殺《ぎゃくさつ》したのだ。

クロは、その唯一の生き残りだった。

この竜の姿を見たシロガネが、彼にクロという名をつけた。センスがない、と思う。

いくつかの砲弾が硬い鱗に当たったが、クロはうるさいというように首を振って、自分を撃った船に向かってさらに火を吐いた。

その間にアオが残りの一隻を粉々にし、海に放り投げる。

轟音《ごうおん》が鳴り響いていた海に、やがて静寂が戻った。

砂浜で呆然と立ちすくむ男は震えながら、壁のように立ちはだかるゴーレムと、空を悠々と旋回する黒竜の姿を見上げていた。小舟の漕《こ》ぎ手も、がたがたと震えて蹲《うずくま》っている。

黒竜がゆっくりと降りてきて、男の頭上を覆うように翼を広げた。

「あの子どもの罪とはなんだ？」

人型をしている時のクロとはまったく違う、海すらその振動で震わせる恐ろしい声だった。

男は「ひぃっ……！」と引きつった悲鳴を上げた。

「答えろ」

「あ、あ、あ、あれは、我が国を滅ぼすと……！　そう予言されたのだ！　呪われた子だと！　父である王を殺すと予言された！　だから、だから赤子の時に殺したはずだったが、生きていて……」

先ほどまでとは打って変わって、震えて掻《か》き消えてしまいそうなほど小さい、情けない声だった。

クロがおもむろに鋭い牙を剝き出しにしてみせると、彼は「ひっ」と頭を抱えて蹲る。

「――お前たちは、ここで見聞きしたことを誰にも話すことができない」

竜に魔法は使えない。

しかし、呪いをかけることはできる。

「もし一言でも話そうとすれば、お前たちの心臓は止まるだろう。このままおとなしく国へ戻り、罪人は死んだと報告しろ。そして二度とここへは来ない――いいな？」

言い終えた途端、二人の胸に黒い楔《くさび》が打ち込まれる。

それは、人には見えない楔だ。呪いを受けた証拠であるそれは、もしもいつか彼らが約束を違《たが》えた時、その心の臓を一瞬で貫くことになる。

二人は、青ざめながらこくこくと頷《うなず》いた。そして慌てて舟を漕ぎ出し、やがてその姿は水平線の向こうに見えなくなった。

後には、静かな海だけが残った。

人型に戻ると、当然ながら先ほどまで着ていた服は千切れて消え去っている。うっかり女性の前で変身するといろいろ大変なのだが、そういう事態はこの島にいると基本的に起こらないので、その点は気が楽だ。

また一着だめにしてしまった、と残念に思いながら、クロは着替えを済ませて部屋を出た。彼はなかなかの着道楽なので、気に入っていたシルクのシャツが海の藻屑《もくず》になったことが大層惜しかった。今度、また大陸に仕立てに行かなくてはならない。

同様に今日一着の服を失ったアオは、浴室に籠《こ》もっている。海水にすっかり浸かったので、隅から隅まで洗って念入りにメンテナンスしているのだ。アオ曰く「錆びついて全身青緑になるのは絶対に嫌」らしい。

「はー」

深々と息をつき、マントルピースの鎮座する居間の大きなソファにどさりと身を預ける。竜型になったのは久しぶりだった。アオだけで対応できないほどの事態は、そうそう起きないのだ。

ふと視線を感じて、顔を上げる。

薄く開いたドアの隙間《すきま》から、例の少年がこちらの様子をじっと窺っていた。

「……なんだよ」

少年はびくりとして、おずおずと顔をひっこめた。

しかし再び顔を出すと、クロの傍《そば》に寄ってきた。上から下まで彼を眺めまわし、興味津々《しんしん》の体《てい》で、

「ねぇ、竜なの？」

と尋ねた。

「見てたのか？　部屋にいろって言っただろ」

「ちゃんと部屋にいたよ。窓から見えたの」

少年は言いつけを守ったことを主張し、唇を尖《とが》らせた。

「ねぇ、竜なの？」

わくわくしたように再度尋ねる。クロは肩を竦めた。

「――うん、そう」

瞳がぱあっと輝いた。

「かっこいい……！」

羨望《せんぼう》の眼差《まなざ》しに、悪い気はしなかった。

「ふふん、そうかよ」

「ねぇ、竜になるとどんな感じ？　火を噴いて口は熱くないの？」

「熱かったら真っ先に俺が丸焦《こ》げになってんだろうが」

「いいなぁ、かっこいいなぁ！」

かっこいい、を連呼され、クロは悦に入った。

「竜に乗ってみたい！」

目を輝かせてはしゃぐ姿は、いたって普通の子どもだ。

「ふざけんな」

「えー」

「俺は乗り物じゃねぇ」

シロガネも出会った頃、背中に乗りたいとせがんだものだと思い出す。当然断ったが。

「そんなことより、お前をどうするかだな」

ごろりとソファに横になり、頭の後ろで手を組んだ。

死んだと伝えろと命じて呪いをかけたものの、万が一何かのきっかけでこの少年が生きていることが伝われば、彼らは再び軍事力を行使するだろう。その場合、今回同様に周囲の被害など考えずに攻めてくることは想像に難くない。最初はどこぞの孤児院に預けようと考えていたが、これでは預けた先が大惨事《さんじ》になる可能性もある。

「お前……聞いてたか？」

「え？」

「俺とあの男の話だよ」

「？　ううん。遠くてよく聞こえなかった」

少し胸を撫《な》でおろす。自分が呪われた子と呼ばれている、などという話を聞いて、いい気分がするわけがない。想像するに、どうせ予言者とやらの後ろに黒幕がいて——アオの語った物語のように、継母かもしれない——適当なことを言ってこの少年を追放しようとしたのだろう。

「やっぱり、その子にはしばらくここにいてもらうのがいいと思うんですが」

風呂から上がって身支度を整えたアオが、乾かし漏れはないかと髪を撫でつけながらやってきた。

「大丈夫か。大砲見事にくらってたけど」

「少し痣《あざ》になってますけど、平気です」

ゴーレムの肩は凹《へこ》んでいたように見えたが、それは痣程度らしい。

「その子のことですけど、シロガネが帰ってきたら魔法で記憶を戻してもらえるでしょうし、それまでの間だけ、ということでどうですか？」

「…………」

クロは眉を寄せたまま黙り込む。

少年は少し戸惑った様子で二人を見守っている。

ゆっくり身体を起こすと、クロは少年に向き直った。

「……しょうがねーな」

大きく息を吐く。

「そうと決まったら、いろいろ用意しなくては。子ども用の服と、部屋と……あ、なにか育児書も買ってきましょうか」

「おい、育児までするつもりはねぇぞ。記憶が戻るまでだ、しばらく預かるってだけで――」

「困ったときのために、あって損はないですよ。なにしろ未知の領域です。――さて、クロさんは朝食を食べそこなっていますし、もうお昼なので何か用意しますね。君はベッドに戻って……」

アオが少し困ったように首を傾《かし》げた。

「ここで暮らすなら、名前がないと不便ではないですか？」

「名前……」

しかし、本人は覚えていないのだ。さっきあの男に聞いておけばよかった、と若干《じゃっかん》後悔した。

　適当に名付けるしかない。

　クロは少年の瞳を覗き込んだ。竜としての習性できらきらと輝くものが好きな彼は、その煌《きら》めく髪や瞳につい目が引き寄せられてしまう。

「――ヒマワリ、かな」

「え？」

　少年がぽかんとしている。

「お前の名前。ヒマワリにしよう」

「ヒマワリ……？」

「だってお前、目の中に向日葵が咲いてるだろ」

　言われて気づいたというように、アオが顔を覗き込む。

「おう、本当ですね。向日葵だ」

　少年は不思議そうに自分の目を触り、マントルピースの上に嵌《は》めこまれた鏡を見つけると、ぱたぱたと駆け寄って覗き込んだ。彼には鏡の位置が高かったので、つま先立ちになっている。

　クロは自信ありげに胸を張る。

「シロガネに名前つけられるより断然ましだぞ。あいつだったら、間違いなく『キンキラ』とかセンスない名前つけたに決まってる！」

「じゃあ、ヒマワリさん。部屋に戻りましょうか」

名を呼ばれ、少年はまだそれが自分のものだという実感がなさそうにアオを見返した。

「……うん」

アオに手を引かれて、名無しの少年ことヒマワリが部屋を出て行くと、クロは再びソファにごろりと横になった。

久しぶりに竜として盛大に身体を動かしたので、少し疲れた。そのまま瞼を閉じると、心地のよい気怠《けだる》さに身を任せて、すぐに眠りに落ちていった。

どれくらい経《た》ったのか、「クロさん」とアオに揺り起こされる。

「クロさん、ヒマワリさんがまた外に出てしまったようです。ちょっと今、厨房《ちゅうぼう》を離れられないので見てきてください」

「……むぅ」

欠伸をして、渋々起き上がる。

どうしてじっとしていられないのだ。

これだから子どもは面倒だ、と仕方なくテラスに出た。

庭を見渡したが、人影はない。

ぼやきながら、城の裏手に回った。大陸に繋《つな》がる古井戸を通り過ぎると、小高い丘に出る。この島で、一番見晴らしのいい場所だ。

ヒマワリがその上に座り込んで、ぼんやりと海を眺めている。

「おい、勝手にうろうろするな」

振り向いたヒマワリは、「ごめんなさい」と立ち上がった。

「じっとしてるより、何か思い出せるかと思って」

記憶が戻るまで、と言ったことを気にしているのだろうか。焦らせるつもりはなかったのだが。

「……いや、ゆっくり思い出せばいいんだし……」

言い方には気をつけたほうがいいのだなと学んで、クロは頭を掻いた。

「今は、休め。とにかく怪我を治せよ」

「うん……」

「お前の靴、買わないとなぁ」

裸足のままのヒマワリを見て、クロは呟いた。

ここまで来るのも痛かったはずだ。

「ほら、戻るぞ」

小さな体をひょいと抱え上げる。ヒマワリはおとなしく、クロの首にぶら下がるように腕を回した。

すると、その肩越しに何かを見つけ、声を上げる。

「あれは、お墓?」

クロは振り返った。

丘を越えて下っていった島の北東の端に、海を見つめるような白い石板の墓標が立っている。

「ああ」

「誰の?」

「――魔法使いの墓だよ」

シロガネが息を引き取ったのは、十年ほど前のことだ。

不老不死を得たと言われた彼は確かに、いくつになっても二十代にしか見えない容貌だった。クロが彼に出会って傍にいた十五年間、老いた様子など欠片ほどもなかった。

彼が実際に何歳だったのかは知らない。数々の伝説を年表にして考えてみれば、出会った時点でそれなりに高齢であったことだけは想像できる。

本人に尋ねても、

「人に歳を聞くなんて、デリカシーないよっ」

と顔をしかめてどこかへ行ってしまう。

妙に子どもっぽいところが、余計に年齢不詳だった。

彼は大抵自分の研究室に籠もって、研究に没頭していた。時々、大陸から客がやってきて彼に何事か依頼することもあった。シロガネは実際世界最高の魔法使いであり、誰に対しても常に偉そうで自信満々な態度だった。

新しい魔法を編み出してそれを世間に発表することもあったが、そんな時は妙に青白い顔をして研究室に引き籠もった。食事も喉を通らず、不安そうに何度も出来栄えを確認し続ける。しかしそれが一通り済んでしまえば、それまでのストレスを発散するかのようによく食べてよく遊んだ。

そうして気が抜けて、機嫌がいい時は「ふにゃらら～ん、てってろり～、むむにゃむ～

ん」などと変な歌を口ずさむのが常だが、どうやら本人は無意識らしく、指摘すると驚いて「そんな天才的な歌を僕が作ってた?」と首を傾げていた。評価や人目は気にするくせに、クロとアオの前ではひどく無頓着《むとんちゃく》な男だった。

シロガネ曰く、若さを保つ魔法は彼の研究の副産物だという。

人々は彼が不老不死の研究に没頭していたと信じていたが、実際のところシロガネが追い求めていたものは、不老不死などではないようだった。

そんなシロガネが体調を崩し始めてしばらく経った頃、彼はベッドの上で身体を起こし、クロとアオを呼んだ。

「——そろそろ、僕にも終わりが来るらしい」

死期が迫ったことへの焦りや失望は、どこにもなかった。微笑を浮かべながら、淡々とした口調でそう告げた。

腰まである長い銀の髪を、指でくるくるといじっている。考え事をする時の癖だ。

「永遠に変わらないものはない。すべてに等しく、終わりはやってくる。——でも、変わることで永遠になるのかもしれないね」

彼の研究が本来どのようなものであったのか、クロもアオも知らない。だが彼が、『永遠の何か』を探し求めていたのは確かだと、クロは思っている。

アオを掘り起こしたのは、動力さえ確保できれば動き続ける青銅人形の仕組みを探るため。行き場のないクロを傍に置いたのは、千年生きる竜の生命の源《みなもと》を探るため。いわば、クロもアオも彼の研究材料だった。

しかし二人とも、そうは思っていなかった。

シロガネは彼らを、家族として愛してくれたから。

「シロガネ、いなくなるんですか？」

アオが尋ねた。

「うん。身体は、海が見えるところに埋めてほしいな」

「………………」

目を大きく見開き、カクカクと身を揺らしている。人間だったら恐らく、泣いている状態だ。

「ちゃんと日の光を浴びてね、アオ。太陽の光が君を動かしているんだから。それと、錆びないようにメンテナンスは自分でするんだよ。もう僕は磨いてやれない」

さらに激しく、ガタガタと身体を揺らす。

クロは、彼が死んだらどうしようかと考えた。

竜が次々に死に絶え、自分だけが生き残った時のことを思い出した。また、自分の居場所も、生きる意味も見出せなくなる。

「クロ。美しい竜が存在する世界って素晴らしいから、これからも生きてね」

見透かしたように、シロガネはそう言って微笑《ほほえ》む。

「あと八百年もすれば俺も死ぬ。そうしたら、地上から竜は完全に消える」

「うん、そうだね。でも、だからこそ、美しいんだよ」

「……遺言は口頭じゃなく書面で残してくれ」

泣きそうになるのを堪《こら》えて、誤魔化《ごまか》すように可愛《かわい》げのないことを言った。

「うん。そこの箱に遺言書と、権利書の類《たぐい》はまとめてあるから、あとで確認してね」

シロガネの顔色はいつになく悪く、頬も少しこけてきたように思えた。

「今まで、ありがとう。もうちょっと君たちと、一緒にいたかったな。もっと一緒に、過ごせたらよかったたな……」

それでも、シロガネは普段通りに笑っていた。

その二日後、シロガネは死んだ。

「戻ってくるよ」

最期の時、見守るクロとアオに向かって彼は言った。

苦しそうな様子はなかった。静かに、彼の命の炎が消えていくのを感じた。

隣で、アオがまた、ガタガタしている。

シロガネは、ゆっくりと目を閉じた。

「……必ず、戻ってくるから」

クロはきらきらとしたものが好きだ。あらゆる宝飾品や鉱石をコレクションしている。

シロガネの美しい銀の髪が好きだった。月の光で輝く絹糸のような煌めきが好きだった。

しかし、その髪を切って手元に残すことはしなかった。

意味がないと思ったのだ。

シロガネがそこにいないのなら、あれほど美しくは見えないのだから。


ヒマワリは一人、丘の上に腰を下ろしていた。

彼がこの島に流れ着いて、三か月になる。

傷は癒《い》え、ヒマワリという自分の名も生まれた時からそうだったような気すらしている。

記憶は、まだ戻らない。

今日はぽかぽかとした陽気で気持ちがいい。彼の傍らでは、灰色のうさぎが草を食《は》んでいた。

色とりどりの花が鮮やかに咲き乱れる中、寝転がって手にした分厚い魔法書を読み解いていく。かつてこの島にいたという、大魔法使いの残した本だ。

先日、面白がってそこに書かれた簡単な魔法を試してみた。物を浮遊させる魔法だった。テーブルの上に置かれたスプーンがふわりと浮いたのを見て、クロもアオも驚いた。魔法は、普通の人間には使えないのだそうだ。

「つまりお前は、魔法使いの一族の血を引いてるってことかぁ……ああ、もう本当にいろいろ面倒くさそう」

クロはそう言って頭を抱えていた。

よくわからなかったが、ともかく魔法というものは面白いものだと思い、最近は片っ端から城にある魔法書を読み漁っている。

「えーと……変身魔法……」

ページをめくりながら、肩まである金髪をくるくると指に巻いた。

隣で食事中のうさぎを観察する。このうさぎに魔法をかけてみようか。

大きな動物がいい。馬はどうだろう。クロはどんなにせがんでも、竜になって背中に乗せてはくれないのだ。

「また読んでるのか？」

開いたページを黒い影が覆った。見上げると、いつの間にかクロが立っていた。

「クロ」

「勝手に魔法を試すのは禁止だと言っただろ」

「読んでるだけだよ」

ヒマワリは口を尖らせる。

「それ、シロガネもやってたな」

「え？」

「そうやって、髪いじるんだよ。何か考えてる時とかに」

言われてようやく、自分が髪を指に巻き付けていたことに気がついた。

クロとアオは時々、シロガネという魔法使いの話をする。

丘の向こうにある墓に眠っている人で、そのうち帰ってくるのだと二人は言った。魔法使いとは、死んでもまた戻ってくるものなのだろうか、と少し不思議に思った。

ただ時折、この島にはシロガネに会いに来る訪問者があった。ならばその魔法使いは二人が言う通り、そのうち姿を現すのかもしれない。

クロとアオにとって、シロガネというのは大事な人らしい。時折懐かしそうに、そして愛《いと》おしそうに彼の話をする。

それが、ちょっと気に入らない。

ヒマワリは金の髪から手を放すと、少し頬を膨らませた。

「……髪切ろうかな」

「どうしたいきなり」

「長いと、邪魔だし」

そうすれば無意識に触ってしまうこともないだろう。

するとクロが手を伸ばし、ヒマワリの髪に触れる。

「こんなに綺麗なのに？」

ヒマワリは目を瞬《しばた》かせた。

「綺麗？」

「キラキラして綺麗だろ。俺は長いほうが好きだけど」

くしゃり、と大きな手が頭を撫でる。

「……じゃあ、切らない」

さっきまでの嫌な気分は、すっかり消えてしまった。

「クロさーん」

アオの声がした。丘の麓《ふもと》に彼の姿を見つける。

「来客ですー」

クロはため息をついた。

「行ってくる。中入ってろ」

「うん」

丘を下っていくクロの後ろ姿を見送る。

城へ戻ろうと思い、ふと、ヒマワリは振り返った。

海を見下ろす墓には、いつも新しい花が供えられていた。朝、アオが花を持って丘を下

るのを見たことがある。

あの魔法使いが戻ってきたら、自分はここを追い出されるのだろうか。

「……戻ってこなければいいのに」

小さく呟く。

「ヒマワリさん、おやつの用意ができてますからねー」

アオが手を振っていた。

「はーい」

手を振り返す。

彼がクロと一緒に行かないということは、クロ一人で大丈夫だと判断したのだろう。今

日の来訪者は、軍艦の大群などではないということだ。

「おやつ～おやつ～なんだろな～」

ヒマワリは歌いながら跳ねるように、丘を下っていく。

ここに来た初めの頃は、どこかへ帰らなくては、と強く焦りを感じた。だが今は、不思議とそうは思わない。

「ふにゃらら～ん、ててろり～、むむにゃむ～ん」

適当に口ずさみながら、古井戸を通り過ぎる。

聞き覚えのない、大きな声が響いた。

「大魔法使い、シロガネ様はいらっしゃいますか！」

誰かが叫んでいる。

ヒマワリは城の扉を開ける前に、林の向こうに目を向けた。

クロが崖の上から、砂浜を見下ろしている。

彼の声が、静かに耳に届いた。

「――魔法使いは、留守にしております」

二　呪いを継ぐ者

真白いシーツが、青空の下はたはたと揺れている。

城の南側にある物干し場で、ヒマワリはその様子を見上げていた。

アオが皺《しわ》を伸ばしながら、一枚ずつ丁寧に干した洗濯ものが、祭りの旗のように列をなしている。

籠《かご》から次に干すシーツを取り出して、ヒマワリはアオに「はい」と渡す。

「ありがとうございます」

優しく微笑《ほほえ》んで、アオはシーツを受け取った。

青銅人形のアオは、自然に表情が変わるということがない。だからこれは、意図的に『微笑む』という形状を作っているのだ。ヒマワリに対しては、出来得る限り優しい顔を向けるように努力しているらしい。

最近はよく、ヒマワリの表情をじっと観察しては、人間らしさを習得しようと頑張っているようだった。しかしそうして作った顔はどこか歪《いびつ》だったりするので、ヒマワリはついつい笑ってしまう。笑ったヒマワリを見てさらにそれを真似しようとするから、もっとおかしくて笑いが止まらなくなることもしばしばだ。

今日は城中のシーツをすべて洗うというので、ヒマワリは自分のベッドのシーツを剝がし、小さな身体《からだ》にのしかかるそれを両手に抱えてリネン室へと運んだ。

それだけでアオは、

「おお、なんと。とても助かります。ありがとうございます」

と大袈裟《おおげさ》に褒めてくれる。

「ヒマワリさんは偉いですね。クロさんなんて、何度言っても自分では持ってきてくれないので、俺が無理やり引き剝がしに行くんですよ」

「クロ、どうして持ってこないの？」

「面倒くさいとか、別に洗わなくていいとか言うんです。万年床《どこ》のしっとりした感じがいいんだとかなんとか……まったくもって不衛生です。ヒマワリさんを見習ってほしいものですね」

「僕、持ってこようか？」

「いえいえ、それには及びません。先ほど、まだ寝ているクロさんを転がして剝いできましたので。ですが、次回からはお願いするかもしれませんね」

　そしてアオは、「別のお手伝いをしてくれますか？」と洗った洗濯物を外に運び出すと、籠からひとつずつ出して自分に渡してほしいと指示したのだった。

　だからヒマワリは、ちょっと誇らしげに洗濯物を取り出しては、アオに手渡す、を繰り返している。それだけなのに、自分も役に立っているのだと思えて嬉《うれ》しい。

アオは大きなシーツを広げて、「こちらの端を持っていてください」と促《うなが》した。ヒマワリがめいっぱい両手を広げてシーツの端を持つと、反対側を持ったアオがバサバサと上下に振る。わずかに残っていた水滴が弾けるように舞って、太陽に透かされキラキラと輝いた。

「ではいきますよ、せーの」

二人で息を合わせて、ひらりと物干し紐《ひも》にかけてやる。

洗濯ばさみで留めたシーツが、ふわふわと空気を孕《はら》んでヒマワリの頰《ほお》を撫《な》でた。

「ありがとうございました。おかげではかどりましたよ。あとはお昼まで遊んでいらっしゃい」

アオが籠を置いて庭の草むしりを始めたので、ヒマワリは一人、物干し台の間を歩き始めた。

小さなヒマワリにとっては、空高く視界を覆《おお》うように垂れ下がるシーツが左右にずらりと並ぶ様は、まるで迷宮への入り口のようだ。おばけのように揺れるその垂れ幕を搔《か》き分けて、隣の列に飛び込んでみる。さらにその向こうへ、今度は反対側へ。あるいはシーツの内側に入り込み、身を隠して顔だけ出してみる。

ヒマワリはふと、風を起こす魔法を使ってみようと思い立った。このシーツたちが一斉に大きく揺れたら、きっと派手で面白いに違いない。

魔法を使ってはいけない、とアオとクロには言われているけれど、風が吹くのは自然なことだから、ばれない程度にやればいい。

風を起こす魔法は、本では読んだけれど試したことはない。それでも、できるという確信があった。見たこともない、誰に教わったわけではないけれど、まるで身に沁《し》みついた動作のように感覚で摑《つか》むことができる。本には細かい理論が書いてあったけれど、正直そちらはよくわからなかった。ただ、こうすればいいのではないかという直感が、確かにある。

しいて言えばそれは、編む、ようなものだった。

例えば風なら、緑の紐に白い紐を掛け合わせて、絡ませており重ねて、ゆるやかな文様を描いていく——そんなふうに、目に見えない魔力を編んでいくのだ。

やがて、ひゅうひゅうと風が降りてきた。

その風を誘導し、洗濯物の間を勢いよく突っ切らせる。シーツが順繰りに上下に煽《あお》られ、鐘が鳴り響くようにはためく音がいくつも重なった。

ヒマワリは歓声を上げながら風を追いかけ、洗濯物の間を駆け回る。

急に強くなった風に違和感を覚えたのか、草むしりをしていたアオが顔を上げた。

「これは――」

きゃっきゃと走り回っているヒマワリに、アオは慌《あわ》てて声をかけた。

「ヒマワリさん、もしかして魔法を使いましたか？」

ぎくりとして、ぱっと風を止める。

踊っていたシーツたちは、一斉に力尽きたようにへなっと項垂《うなだ》れ、静かになった。

ヒマワリは思わず、シーツの陰《かげ》に隠れるように身を縮めた。

「ヒマワリさーん？」

洗濯物を掻き分け掻き分け、アオがヒマワリを探し回る。怒られる、と思いぐっと身構えていると、ついにヒマワリの隠れたシーツをまくり上げたアオは、腰を落として目線を合わせた。

「その発想は、ありませんでした」

「――え？」

「魔法で風を起こせば、洗濯物が早く乾きますね！」

得心したようなアオに、ヒマワリは戸惑って目をぱちぱちとさせる。

「ですがヒマワリさん。魔法は使わないと、約束したはずです」

「……ごめんなさい」

「俺もクロさんも魔法は使えません。使い方のわからないものをおもちゃにされては、危険なことがあった時に正しく対応することができません。ヒマワリさんがもし魔法を制御できなくなったとしても、止めることもできないでしょう。ですから、やめてください。危ないことのないように」

「……うん」

アオはやれやれというように立ち上がり、干し終わったシーツたちを眺める。

「今日は手伝っていただきありがとうございました。おやつはヒマワリさんの好きなものを作りましょう。何がいいですか？」

「！」

ヒマワリはぱっと顔を上げた。

「この間の、白くてぷるぷるしたやつ！」

「ブラマンジェですね。では、そうしましょう」

先ほどまでのしょげた顔から一気に喜色満面になったヒマワリは、飛び跳ねながら城へと駆け込んだ。

居間のソファに寝転んでまどろんでいたクロは、駆け込んできたヒマワリが突然のしかかってきて、現実に引き戻された。

極上の黄金を思わせる髪が、目の前で揺れる。

「ねぇクロ、なんでシーツ持ってこなかったの？」

「…………」

寝起きに耳元で大きな声を出されて、ひどく不愉快である。クロは目を閉じると盛大に顔をしかめた。

「僕ねー、アオを手伝ったんだよ」

「……もっと手伝ってこい」

「おやつはね、ぶらんまじぇだよ」

「……あっそう」

「ねークロ、外行こう。遊ぼうよー」

「……好きに跳ね回ってろ」

まとわりついてくる少年を引き剥がし、クロはのそりと起き上がった。

「クロ、ねぇ、次いつ竜になる？」

「さぁな」

「次は乗せて」

「やだ」

「乗りたい乗りたいー」

「だめだ」

「一回だけ！」

「俺が、人間を、乗せて飛ぶことは、ない！」

言い聞かせるように、一言ずつ切って言い放つ。

これまでも何度もせがまれたが、クロは断固として受け入れなかった。

竜は誇り高い一族だ。かつては人間と同じように自分たちの国を治め、力を誇った。竜は人から崇拝《すうはい》すらされる存在であり、人を背に乗せることなどしない。それでは牛馬と同じである。乗り物扱いされるのはごめんだった。

「お願いお願い、一生のお願い！」

「一生のお願いという言葉ほど軽いものはこの世にない！　それにお前、魔法使いなんだから、空飛ぶ魔法覚えれば好きなだけびゅんびゅん飛べるだろうよ！」

「魔法使っちゃだめって言ったじゃん」

やぶへびになってしまった。

「……今はだめだって言ってるだけだ。いつか、大人になったらその時に……」

魔法使いは通常、幼い頃から先輩魔法使いに弟子入りして魔法を学ぶという。いずれヒマワリがここを出て、きちんとした教育を受けられるようになれば、その時には空飛ぶ魔法だって使えるだろう。

ただ、それがいつになるかはわからない。

この記憶喪失の少年の父親は、ヒムカ国の王だという。

魔法使いは決して国の統治者にはならないという掟《おきて》があるから、恐らくヒマワリの母親が魔法使いの血筋なのだろう。

その母親は今どうしているのだろう、とクロは考えた。息子が傷だらけでこの島に漂着したことを、彼女は知っているのだろうか。あるいはすでに、この世にはいないのかもしれない。呪われた子、と呼ばれる息子を産んだとなれば、母であるためにその命を奪われていてもおかしくはない。

そうした一切を忘れてしまったヒマワリは、この島で波風のない生活を静かに送っていた。いまだに記憶が戻る気配はない。

平穏すぎる生活は、幼い少年には少々退屈なのかもしれない。時折こうして、竜に乗りたいなどと思い出したようにせがんでくる。

「やだ、今がいいよ！」

シャツの端を引っ張りながらごねる。クロは舌打ちしたいのを堪《こら》えた。

すっかり育児書を読み込むようになったアオによれば、こうして我《わ》が儘《まま》を言えるようになったことはよいことなのだという。それだけここでの生活に馴染《なじ》んだ証《あかし》だ、と。

確かに一緒に暮らし始めた頃は、もう少し控えめな態度だったと思うし、遠慮している素振りもあった。

（くそっ、アオが甘やかすからどんどん我が儘に……！）

シャツを掴んだ手をふりほどき、クロはびしりと言った。

「しつこいぞ、諦《あきら》めろ！」

「でもクロさん、シロガネのことは乗せてあげたじゃないですか」

掃除道具を詰め込んだバケツを手に、アオがやってきて口を挟む。

「一度だけでしたけど」

「あれは……例外だ、例外！　仕方なくだ！　もう二度と乗せねーって、あいつにもはっきり言っておいたし」

シロガネが乗ったなら自分も乗せろ、とヒマワリが言い出したら面倒である。余計なことを、とアオを睨《にら》みつける。

「……シロガネは、乗ったの？」

ヒマワリがぽつりと呟《つぶや》いた。

いつになく小さく、そして暗い声だった。

その表情が、ひどく翳《かげ》っていることに気がつく。

「？　ヒマワリ？」

俯《うつむ》いて、なんだか泣き出しそうな顔をするヒマワリに、わけがわからずクロは困惑した。

そこへ助け舟を出すように、アオが言った。

「竜にはならずとも、クロさんにどこか連れていってもらうのはどうでしょう？　大陸まで買い物にでも一緒に行ってみては？」

ヒマワリはぱっと顔を上げた。

この島に来て以来、ヒマワリが島の外に出たのは自分の服や靴を買いにアオと出かけた一度だけだ。その時は大層喜んではしゃいで出て行き、帰ってからも興奮気味にあれこれとクロにこんなことがあったあんなことがあったと喋《しゃべ》り続けていた。

「クロとおでかけ？」

「クロさん、そろそろ注文したシャツと上着を取りに行く頃では？　ヒマワリさんと一緒に行ってきてはどうでしょう」

「またあの井戸入れるの!?」

「そうですよ」

島からの移動には、城の裏手にある古井戸を使う。中に入れれば、目的地まで一瞬で移動できるシロガネの魔法がかけられているのだ。ヒマワリはこの井戸を相当に気に入ったらしい。

すっかり機嫌が直ったヒマワリだったが、勝手に話が進んでしまいクロは渋い顔になった。こんな騒がしい生き物を連れて歩くなんて、一体どれほど疲れるのだろうか。

「おい、勝手に決め……」

その時、アオが、はたと動きを止めた。

「――あ」

そして、どこか遠くを見つめるような目をする。

「来客です」

その報告に、クロはため息をついた。

不老不死を求める者たちは相変わらず、この終島《はてじま》へ惹《ひ》きつけられるようにやってくる。永遠に止むことのない人間の欲深さには、呆《あき》れを通り越してもはやただただ面倒くさいという感情しか湧かない。

「行ってくる」

「お願いします」

クロは億劫《おっくう》そうに城を出て、ゆっくりとした足取りで砂浜を見下ろす岬へと向かった。

哀願めいた男の声が響いてくる。

「大魔法使いシロガネ様はいらっしゃいますでしょうか！」

クロは崖の上に立つと、うんざりしながら足下に広がるこの島唯一の砂浜を見下ろした。

「魔法使いは留守にしております」

猫の額《ひたい》ほどの砂浜には、人影が三つ。――いや、四つだ、とクロは認識を改める。

壮年の男とその妻らしき女、年若い青年。それと、彼に抱えられた少女。

不老不死を求めてやってくる輩《やから》は様々だったが、これはあまり見かけない組み合わせだった。家族だろうか。少し離れた場所には、古びた中型の船が一艘《そう》浮かんでいる。ヒマワリの時のように軍隊を引き連れてきた、ということはなさそうだ。

「いつ頃お戻りでしょう？」

「わかりかねます。お帰りください」

「お戻りになるまで待たせていただきたい！　どうしてもシロガネ様にお会いしたいのです！」

「お帰りを」

立ち去ろうとするクロに、男の妻が悲鳴のような声を上げた。

「お願いです！　どうか、どうか娘を助けてください！　このままでは、この子は死んでしまいます……！」

話は読めた、とクロは冷たい視線を彼らに向けた。なんらかの病にかかった娘の命を助けるために、不老不死の力を求めているのだろう。

娘とは、青年に抱えられて俯いているあの少女に違いない。確かにずっと俯いたままで、ぐったりしているように見える。

「お力にはなれません。どうぞお帰りください」

憐《あわ》れみの色ひとつない様子で立ち去ろうとするクロに、彼らは縋《すが》るようにこちらに手を伸ばした。

「そんな……」

「待ってくれ！　ここが最後の望みなんだ！」

「もう他に手立てがないのです！　この竜の呪いを解けるのは、大魔法使いシロガネ様しか……！」

思いがけない言葉に、クロは足を止めた。

思わず振り返る。

（竜の、呪い？）

十代半ばと思《おぼ》しき少女は、わずかに顔を上げて、どこか恨めし気にこちらを見上げた。

クロは、わずかに息を呑《の》んだ。

その顔の右半分は、竜の鱗《うろこ》にびっしりと覆われていた。


「これは、わが一族が受けた呪いなのです」

応接間に通された男は、ナグモと名乗った。

身に着けた上等な衣や佇《たたず》まいからして、それなりの身分にある立場の人間だろう、とクロは見当を付ける。彼の隣に座った妻は、アオが茶を振る舞うと遠慮がちに礼を言った。少女は青年の手で、一人掛けの安楽椅子《いす》に細心の注意を払って丁寧に座らされていた。青年は使用人らしく、アオが椅子を勧めても固辞し、彼らの後ろに一歩下がって立っていた。

クロが四人を連れて城に戻ってきた時にはさすがにアオも驚いていたが、「とりあえずお茶でも」と客として迎え入れた。ただ、アオがずっと警戒しているのがわかる。この島を守る青銅人形として、その使命は意志とは別に本能として刷り込まれているのだ。

クロ自身、どうしてこんなことをしてしまったのかと、内心自分でも驚いていた。いつもなら、どんな泣き落としも意に介さず追い返してしまうのに。

（でも——）

椅子に座っているというより、置物のように据えられた少女の肌を覆う、鈍色《にび》の鱗。

それは確かに竜の鱗——クロの同族による呪いに違いなかった。

竜が滅んだと言われて以後、仲間の痕跡《こんせき》をこんなふうに目《ま》の当たりにしたのは初めてだ。たった一人で生き延びたクロは、ずっと探していたのだ。同じように生き残り、息を潜めている仲間が世界のどこかにいるのではないかと。この呪いをかけたのは、その誰かかもしれない。

そんな儚《はかな》い希望に、クロはわずかに動揺していた。

ヒマワリは部屋に入るようにと、早々にこの場からは追い出した。外から来た人間に、彼の存在はできる限り秘するべきだ。何かの拍子に彼の故国に存在が漏れ伝わっては、大事になりかねない。

クロはそんなことをぐるぐると考えながらも、出来得る限り平静を保って尋《たず》ねた。

「一体何をしでかして、そんな呪いを受けたのです？」

ナグモは暗い表情で口を開く。

「二百年前、疫病《えきびょう》により恐ろしいほどの死者が世界中で出たことは、ご存じでしょう。当時我が祖先は、どんな病も治すという竜の血を求め、ある竜を殺《あや》めたのです」

ひくり、とクロの喉《のど》が微《かす》かな音を立てた。

気づいたアオがちらりとこちらに視線だけ向けたが、何も言わない。

「死の淵《ふち》で、その竜は先祖に呪いをかけました。『お前の一族に、死よりも重い苦しみを永遠に味わわせてやる』と。――やがて一族の中に、竜の鱗が生える奇病が現れるようになったのです」

痛ましそうに、娘の姿に目を向けた。

「鱗は徐々に体中に広がり、やがては手足が動かなくなり、最後は内臓にまで及び……ついには、心の臓を止めてしまうのです」

少女は父の話などまるで他人事《ひとごと》のように、ぼんやりと窓の外を見つめていた。彼女の足は、この島へ来てから一度も動いていない。

「不思議なことに、この病は同時に複数人には発症しません。一族の中でたった一人だけが発症し、やがてその者が死ねば、新たに別の者が発症します。三年前までは、私の弟が病にかかっておりました。ですが弟が亡くなった翌日、娘のセナに症状が出始めて……」

ナグモの妻が、勇気づけるように夫の手を握りしめた。

「最初は、足にわずかな鱗が出たのです。それがやがて、背中に、腕にと広がっていきました。今年に入って、ついに顔にまで……」

辛そうに表情を歪《ゆが》め、ナグモは片手で顔を覆う。

「我々は、なんとかセナが助かる方法はないかと探し回りました。ですが、どんな医者も匙《さじ》を投げ、どんな魔法使いも呪いを解くことはできませんでした。最後の望みをかけて、こちらをお訪ねしたのです」

お願いします、と頭を下げた。

「シロガネ様のお力を貸していただきたいのです。もはやほかに、望みはありません」

クロはふうと息を吐いた。

それは、馬鹿《ばか》な望みを抱いた己への戒《いまし》めだった。

（やっぱり竜はすべて殺されたんだ。俺以外は）

竜の呪いは、呪いをかけた本人にしか解くことは叶わない。

その本人は間違いなく死んでいるのだから、もはやこの一族にかけられた呪いは永遠のものだった。

（当然の報《むく》いだな）

「残念ですが、申し上げた通り魔法使いシロガネは留守です。お力にはなれません」

「いくらでも待ちます！　どうか……」

「お嬢様の具合が悪そうですので、今晩はここに泊まっていただいて結構です。ですが、明日にはお引き取りを」

ナグモとその妻は、絶望したように嘆いて顔を見合わせる。

「ああ、そんな……」

「どうしたら……」

クロはアオに声をかけた。

「アオ、客室の準備を」

「承知しました」

しかしナグモは、土気色の顔をしながら食い下がる。

「お待ちを……！　それでは、あの、せめて……もしやシロガネ様は、竜の血をお持ちではないでしょうか？」

クロの表情がぴしりと凍り付いた。

「――は？」

「竜は絶滅しました。しかし、その血はすべてを使い切ったわけではなく、いくらか保存され恐ろしいほどの値で取引されたと聞いています！　今もまだ、わずかながらこの世のどこかにはあるのではないかと……。不老不死を得たというシロガネ様ならば、もしやその血を手に入れてはおられませんか？　竜の血はあらゆる病を治すもの。この呪いの病にも、効くやもしれません！　もし、もしもあるならば、どうかわずかでもお譲りいただけないでしょうか！」

がたん、と音を立て、クロは勢いよく立ち上がった。

その剣呑《けんのん》な様子に、ナグモは驚いて口を噤《つぐ》む。

クロはそのまま、大股《おおまた》で彼らの前を横切り無言で部屋を出た。

こっそりとドアの前で盗み聞きしていたらしいヒマワリが、弾かれたように飛び退《すさ》ってクロを見上げた。

「ク、クロ――」

彼を無視して、暗い廊下をつかつかと突っ切っていく。

憤《いきどお》りが収まらず、そのまま外へ飛び出した。暗い海の向こうから、島の岩壁に打ち付ける波の音だけが響いてくる。

思わず、苦い笑みを浮かべた。

竜を殺し呪いを受けておきながら、反省する素振りもなくまたもや竜の血を求める人間。

彼らの目の前にいるのがその竜だと知れば、なんの躊躇《ためら》いもなく血を搾《しぼ》り取ろうとするだろう。

自《みずか》らの手を、顔の前にかざす。そこに浮かび上がる、己の血潮の流れを感じる。

それは確かに、万病の薬となるものだ。

クロは目を閉じた。

思い出すのは、あの夜のことだ。

人間たちが攻めてきたあの夜、血を流した同胞《どうほう》たち、そして、必死に自分を逃がした姉の後ろ姿――。


クロはそれきり部屋に籠《こ》もり、ナグモたちの顔を見ようともしなかった。

翌朝、いつもよりわざと遅く起きて塔を下りると、二階から食器を下げてくるアオに出くわした。わざわざ客間まで、朝食を運んでやったらしい。

「そこまで至れり尽くせりにする必要ねぇだろ」

「あのお嬢さんに階段を上り下りさせるのは、酷ですから。使用人の彼も何度も抱えるのは大変でしょう。普段は車椅子に乗っているそうですよ。船に置いてきたそうで、さっきご両親が取りに向かいました」

「おい、帰る気ないのか、あいつらは」

「クロさん、一応お尋ねしますが、あの呪いをクロさんが解くことはできるんですか？」

「不可能だ」

　きっぱりと言い放つ。

「やっぱり、そうですよねぇ。竜の呪いというのは、かけた本人にしか解除できないと言われていますからね」

　アオは少し考えて、では、と質問を重ねる。

「これも念のためお伺《うかが》いしますが、竜の血で本当にあの病気は治るんでしょうか？」

「さぁな」

　クロは顔を背ける。

「一族の中の誰かに発症するという呪い自体は、解くことができないからそのまま続くかもな。でも、血を飲んだ本人の病は……治るかもしれない」

「なるほど。あのお嬢さんが治ったとしても、また新たに呪いにかかる人が、一族から出現し続けるということですね。――血、あげたりしないですよね？」

「当たり前だろ」

「シロガネが欲しがった時も、あんなに全力で抵抗していましたものねぇ」

シロガネが、竜の血の秘密を採り出すために一滴でいいから血液を採取させてもらえないかと懇願《こんがん》した時、クロは断固として拒否した。人間の前で、この身から血を流すつもりは一生なかった。

シロガネは相当に食い下がったが、結局は諦めて、それきり二度と血が欲しいと言い出すことはなかった。

ただ、一度だけシロガネに、自分の血を飲ませようと思ったことがある。

彼が床に臥《ふ》せるようになり、命の火が消えそうになったあの時に。

――だめだよ。

とシロガネは言った。

口元に血の滴《したた》った指を差し出したクロに、悲しそうに唇を引き結んで微笑んでいた。

結局、シロガネは血を飲まず、やがて死んだ。

今でも時折、悔やむことがある。

あの時無理やりにでも、血を飲ませればよかった。あるいは、シロガネがクロの血を研究していたら、彼は不死の魔法を得て、今も生きていただろうか。

(シロガネにならまだしも、あんなやつらに、誰がこの血をやるかよ)

朝食の席で、クロは向かいに座ったヒマワリに釘を刺した。

「あいつらに、俺が竜だってことは絶対に言うなよ」

「そんなの、わかってるもん」

心外だとでもいうように、ヒマワリは眉をひそめて頬を膨らませた。

「僕、言わないよ」

「そうしてくれ」

「本当だよ！」

「わかったわかった」

「ねぇ、あの人たちもう帰っちゃうの？」

「ああ」

「僕、一緒に遊びたかったのに」

三人しかいない小さな島で暮らしているから、どうしたって余所《よそ》の人間が珍しいだろう。しかも今回やってきたセナは、年若い少女だ。ヒマワリにしてみれば、遊び相手として認定されるお姉さんなのかもしれない。

「あいつらには、絶対近づくな」

ヒマワリは少しむくれている。

「ねぇ、じゃあどこか連れていって！」

「ああ?」

「お洋服取りに行くんでしょ?」

確かに、もう仕上がっているはずだ。最近島の外に出ていないし、今回の訪問者のせいで気分も悪い。気分転換に大陸まで出かけるのも、悪くないだろう。

ヒマワリを連れていくのは正直気が進まないが、これで竜に乗りたいなどとせがまなくなるなら、我慢しようかとも思う。

「そうだな……あいつらが出て行ったら、出かけるか」

「やったー!」

目を輝かせたヒマワリが、オレンジジュースの入ったグラスを勢いよく倒した。胸のあたりがびしょびしょに濡れそぼり、アオが慌てて拭いてやる。

「ヒマワリさん、服を脱いでください。染み抜きしますから」

「ごめん……」

「食事の席で騒ぐな、ヒマワリ」

「はぁい」

「ほら、着替えていらっしゃい」

椅子からぴょいと降りると、ヒマワリは小走りに自分の部屋へと戻っていった。

「では今日はお出かけですか。夕食はいりますか？」

「それまでには帰る」

「ヒマワリさん、嬉しそうでしたねぇ」

するとアオが、「おや」と首を傾《かし》げた。そして窓の外を確認し、クロさん、と呼んだ。

「外に停泊していた船が、どんどん遠ざかっていくのですが……」

「おー、出て行ったか」

「いえ、あの、二階にまだお二人いらっしゃいますけど」

クロとアオは互いに、顔を見合わせて黙り込む。

「……はぁ!?」

クロは飲みかけのコーヒーカップをテーブルに叩きつけ、勢いよく外へと飛び出す。

海の彼方《かなた》に、北へ向かって小さくなっていく船の姿が見えた。砂浜を見下ろすと彼らの乗りつけた小舟は消えていて、代わりに木製の車椅子がぽつんと置き土産《みやげ》のように放置されていた。

すぐにとって返し、客間のある二階に駆けあがった。追いかけてきたアオも、それに続く。

ちょうどそこに着替えを終えたヒマワリが下りてきて、二人の様子に「どうしたの？」

と驚いて足を止めた。

「部屋に戻ってろ！」

わけがわからないという顔のヒマワリをそのままに、クロは乱暴にドアを開けて客間へと飛び込んだ。ノックもせずに入ってきたクロに、使用人の青年は驚いて立ち上がる。そしてすぐに、椅子に座っている少女を背にして守るようにした。

「一体なんです？　失礼じゃ――」

「どういうつもりだ！」

昨日までは一応外面《そとづら》として丁寧な対応をしていたが、もはや普段通りの口の悪さが出てしまっている。

「何故船が出て行く！」

「船……？　え……？」

「お前たちの乗ってきた船だ！　帰るなら一緒に帰れ！　くそっ、無理やり居残って粘るつもりかよ、性質《たち》悪いぜ！」

青年は目を白黒させている。

「え？　一緒にって……え？」

「外を見てみろ！」

彼は息を呑み、ぱっと窓に飛びついた。

その顔に、じわじわと驚愕《きょうがく》の色が浮かぶ。

「セナお嬢様！　船が……船が島を離れていきます！　ど、どうして……旦那《だんな》様と奥様は!?　さっき、お嬢様の車椅子を取ってくると仰《おっしゃ》っていたのに……」

「あの船の上だろうよ。ちなみに車椅子なら、砂浜に置いてあったぞ」

「そんな……！」

何も知らなかったらしい青年は、頭を抱えた。

すると、忍びやかな笑い声がくすくすと漏れ聞こえてくる。

セナが肩を揺らして笑っているのだ。

同時に、細かい編み込みの入った彼女の髪も微かに揺らめく。その長いブラウンの髪は妙に冷たい色味で、彼女の冷めきった緑の瞳と合わさって、全体的にこの少女に硬質な印象を与えていた。

「わからないの、ムカイ。捨てられたのよ、私」

クロは眉を寄せる。

「何？」

「この呪いを消せないなら、あの人たちにとっては要らない人間ってことよ。だから、ここに捨てていかれたんだわ」

「お嬢様！　そんなはず……」

「お前も知ってるでしょ。来月までに私が治らなければ、あの人たちはおしまいなんだから」

「お嬢様……！」

アオが首を傾げた。

「どういうことです？　来月、何かあるんですか？」

セナは皮肉っぽく、唇をつり上げた。

「我が国の王太子殿下が、私を妻にとご所望なの。来月、結婚式があるのよ。私の顔にまだ鱗が生える以前、この身体が病に蝕《むしば》まれていることを知らず、私を見てお気に召したんですって。今も、彼は私がこんなご面相になっているとは知らないわ。両親が隠したの。だから必死なのよ、なんとかして病を治して嫁がせないと、って」

「お嬢様、それはきっかけに過ぎず――」

「馬鹿じゃないの。お父様とお母様は私に鱗が生えた途端、私を見ようともしなくなったわ。代わりに妹に期待をかけて、あの子ばかり可愛《かわい》がった。いいえ、それだけじゃない。あの人たちはね、一族の人間が新たに病にかからないように、私ができるだけこの病のまま長生きすることを願っていたのよ。それが殿下からの求婚があって以来、手のひらを返したように血眼《ちまなこ》になって病を治す方法を探し始めたわ。——馬鹿みたい」

セナの表情にも声にも、怒りや悲しみは見えなかった。本当にただ、馬鹿馬鹿しいと感じているといったふうに、静かに淡々《たんたん》と語っている。

「結婚式までに、なんとか私を治そうというわけよ。で、ここまでやってきたけれど大魔法使いシロガネはいないし、もはや万策尽きた。それであの人たちは、急いで帰らないといけないんだわ。私の代わりに妹を殿下に差し出すために、あれこれ工作する必要があるんだもの」

ムカイと呼ばれた青年は、暗い表情で項垂れた。もう反論できないほど、それは彼にとっても納得のいく真実であったらしい。

「で、ですが、ここで待っていればシロガネ様がいずれ戻られて……」

「もういいわ」

少女が冷めた口調で言った。

「無駄よ。どんな魔法使いにだって無理なのよ」

「お嬢様」

「もう死ぬのよ、私。それでいいじゃないの」

それはすっかり、諦めきった声だった。硝子玉《ガラス》のような目をして、セナは窓の外を見つめていた。

開きっぱなしのドアの脇で彼らの会話に耳をそばだてながら、ヒマワリは膝《ひざ》を抱えていた。

（また僕だけ、のけ者……）

無意識に、唇を尖《とが》らせる。

きっとシロガネだったら、いつだって何か事が起きたら彼らと一緒に行動するのだろう。

かつてこの島に住んでいたという大魔法使い、シロガネ。

クロとアオが、ずっとその帰りを待ち望んでいる彼は、すでに死んでいる。その証拠に、島には彼の墓標もある。

それでも二人は、いつか彼が戻ってくると信じて待っているのだ。

クロは、シロガネには竜の背に乗ることを許したという。それほど彼にとってシロガネの存在は特別で、そして自分は――そうではない。

いらいらとして金の髪を指に絡ませ、ぐるぐるといじり倒す。

部屋から人が出てくる気配を感じると、ヒマワリはぱっと立ち上がって、逃げるように階段を駆け上がった。

三階に上がったところで、階下からの声が聞こえた。

「家のために無理やり好きでもない男と結婚させられる……まるで『薔薇《ばら》騎士物語』に出てくるマチルダのようです！」

「知らねーよマチルダ！」

「マチルダはとっても勝気な女の子でして、親の決めた結婚を嫌がって家を飛び出してしまうんですよ。それで男装して旅に出るんですが――」

「聞いてねーし！　それより、早くあいつらを追い出すぞ」

「えー、もう少し詳しいお話を聞きたいんですが」

「だめだ、井戸に押し込んでさよならだ」

「そうですか。残念ですねぇ……」

「――あの、すみません！」

使用人の青年、ムカイの声が追いかけてくる。

ヒマワリは踊り場から身を乗り出し、階下の様子をこっそり覗《のぞ》き込んだ。

「本当に申し訳ないのですが、しばらくこちらに置いていただけませんか。ご迷惑なのは重々承知しておりますが、あの、僕、なんでもします！　雑用でもなんでも」

「間に合ってる」

「お願いします！　お嬢様は体調がよくないんです。ここまでの旅で余計に弱ってしまっていて……しばらく安静が必要なんです。その間に僕が手紙を書いて、旦那様に迎えにきてもらえるよう頼んでみますので、どうかそれまで……」

「しばらくなら、いいのでは？　クロさん」

「だめだ」

「でも、本当に具合が悪そうでしたよ。顔色も悪くて」

「だめだ！　さっさと出て行け！」

さらにアオに何事か低い声で告げてから、足早にクロが階段を下りていく音が響いた。

困惑した様子のムカイが部屋に戻り、アオもまたその場を去っていく。

ヒマワリがそろそろと一階へ下りていくと、ちょうどクロが外へ出て行くのが見えた。

後を追って、玄関扉を押し開ける。

クロは昨日から、ずっと機嫌が悪い。

セナが来たからだ。竜の呪いを受けた、あの少女が。

（クロはきっと見ていたくないんだ、あの子を）

城の裏手に回ったクロが、古井戸に手をかけるのが見えた。

彼がひょいと中に飛び込んでしまったので、ヒマワリはあっと声を上げた。

「クロ!?」

中からわずかに光が漏れ出し、やがて消える。

ヒマワリが慌てて飛びつくと、そこには深く暗い穴が開いているだけだった。

これは魔法の井戸だ。飛び込めばどこへでも移動することができる。ヒマワリも一度、アオと一緒にここに入って、大陸へと連れていってもらったことがあった。

しかし、道はもう閉ざされてしまった。行き先がわからなければ、後を追うこともできない。

「アオ、ねぇ、クロが井戸でどこかへ行っちゃった！」

城に戻ると、食器を洗っていたアオに飛びつく。

アオは、ああ、と声を上げた。

「注文していたシャツを取りに行くと言ってましたよ」

「え」

ヒマワリは目を瞠《みは》る。

「僕と一緒に行くって、言ったのに」

「あ……そうでしたね」

「一緒に行くって、言った……」

置いていかれた。

すっかり忘れられていたのだ。

それほどに自分は、どうでもいい些末《さまつ》な存在なのか。

そう思ったら、ひどく情けない気分だった。

涙を滲《にじ》ませるヒマワリに、アオがおろおろとする。

「また今度、連れていってもらいましょう。あ、それともまた俺と買い出しに行きますか？」

ヒマワリはぶんぶんと首を横に振った。

「クロと一緒がいいの！」

思い切り否定されて、アオはショックを受けたようだった。がん、と動きが止まり、微かにかたかたと身体が揺れる。

固まっているアオにぷいと背を向け、ヒマワリは駆け出した。

一緒に出かけるのを、本当に楽しみにしていたのだ。

（クロの馬鹿。約束したのに……）

じわりと滲んだ涙を拭《ぬぐ》って、鼻をすする。

むくれながら、居間のソファにどすんと沈み込んだ。

クッションを掴むと、怒りに任せて壁に向かってぽんと投げつけてやる。しかし、そんなことで気は晴れなかった。

窓の外には、色とりどりの花が咲き乱れる庭が覗いている。その間を抜ける煉瓦《れんが》の小道に、車椅子を押すムカイの姿が見えた。

しかし車椅子の上に収まったセナは、花など目に入っている様子はない。無感動な表情で、ぼんやりとしていた。ムカイは必死に何かを話しかけているようだが、反応はない。

城の中は、静まり返っている。

ヒマワリは立ち上がると、廊下を突っ切って、突き当たりにある小さな扉に手をかけた。覗き込めばそこには螺旋《らせん》階段が渦巻いて、どこまでも高く伸びている。北の塔へと通じる唯一の階段だ。

ヒマワリは薄暗い階段に足をかけ、一歩ずつ上っていった。永遠に続く同じ景色とくるくると回り続ける感覚に、目が回りそうである。

息を切らして登り切ると、扉が現れた。

塔の上のこの一室が、クロの部屋である。

これまでも何度か来たことはあるが、それはいつもクロが部屋にいる時だった。勝手に入ると怒られるのだ。

けれど、今日はまだ当分、クロは戻ってこないだろう。

ヒマワリはそれでも少しの後ろめたさから、足音を忍ばせた。

主のいない部屋は薄暗く、静まり返っていた。窓から差し込む光が、決して広くはない部屋の陰影をうっすら浮かび上がらせている。

竜はその習性として、キラキラと輝くものに心惹かれるのだという。クロの部屋は、まさにキラキラのピカピカで溢《あふ》れていた。輝く薄紫色の鉱石、じゃらじゃらと豪華な黄金の首飾り、精緻《せいち》な細工が施《ほどこ》された美しい香水瓶《びん》……。

しかしいずれもひどく雑多に置かれていて、あちこちで山になって崩れ落ちそうである。キラキラしていればいいというだけで、ひとつひとつを愛《め》でるつもりはないらしい。

クロは日によって異なるピアスを左耳にだけつけているが、それすら棚の上にぶちまけられたようにぐちゃぐちゃと重なり合っていた。

ただしひとつだけ、例外があるのをヒマワリは知っている。

それは窓辺に据えられた机の上で、美しい硝子箱にきちんと収められていた。

ヒマワリは背後を振り返り、誰もいないのを改めて確認してから、意を決してその箱に手を伸ばした。

蓋《ふた》を開け、収められていたピアスをそっと取り出した。

高く持ち上げて、光に透かしてみる。

ほっそりとしたチェーンが伸び、その先には美しく繊細なカットが施されたクリスタルが揺れていた。それは淡い海のような色合いだ。しかし眺めているうち、その色はさざ波のごとく現れては消え、また閃《ひらめ》いては消え、を繰り返す。

このピアスには、魔法がかけられているのだ。

（魔法をかけたのは、きっとシロガネだ）

魔法について、ヒマワリに教えてくれる人は誰もいないし、限られた本で得た知識しかない。

それでも魔法に触れれば、ぼんやりとその質感を捉《とら》えることができた。

だから、わかった。

この島のあちこちに残された魔法と、同じ肌触りがする。

（シロガネが、クロにあげたんだ）

クロはこのピアスを、大切にしまいこんでいる。ほかのものとは明らかに、異なる扱いで。

ヒマワリは、ぎゅっと手の中にピアスを握りこんだ。

クロが戻ってきたのは夜、ヒマワリが夕食を終えようという頃だった。アオが、おかえりなさいと声をかける。

「クロさん、夕飯は？」

「いらない。食べてきた。――あいつらは？　まだいるのか？」

「ええ、お部屋に」

「ちっ」

不愉快そうに、クロは自室へと上がっていった。

しかししばらくすると、ひどく慌てた様子で駆け戻ってくる足音が聞こえた。ヒマワリはわずかに、身を硬くする。

「アオ！　俺の部屋に入ったか？」

「今日ですか？　いいえ」

「ピアスがない！」

「ピアスですか？　整理しないからですよ。あんなにごちゃごちゃ置いて……どこかに埋もれているのでは？」

「違う、シロガネのピアスだ！　満月の月明かりに夜の海の波を注いで、あいつが作ったやつ！　箱ごとないんだよ！」

「よく探しましたか？　別の場所に置いたとか」

「部屋中探したし、動かしたりしない！」

こんなに動揺しているクロを見るのは、初めてだ。

（そんなに、あれが大事なんだ）

シロガネにもらったものだから。

胸の中で、どろどろとしたものが溢れ出す。ヒマワリは目を伏せ、皿の上に残った子羊のロースの最後の一切れを口に運んだ。

落ち着かない様子で部屋の中を行ったり来たりしていたクロは、ふと足を止めた。

「――ヒマワリ」

ごくり、と肉を飲み込む。

味がわからない。

「お前、俺の部屋入ったか？」

「入ってない」

ヒマワリは椅子を降り、「ごちそうさま」とアオの傍を通り抜け出て行こうとする。

「待て、ヒマワリ！」

ヒマワリは思わず、びくりと肩を震わせた。

怒気を孕《はら》んだクロの声は、まるで刃物のように鋭い。普段、邪険にされることも面倒くさそうに扱われることもあったが、そんな時の声が懐かしく思えるほど、いつもと違う厳しい声音《こわね》だった。

「俺のピアス、どこへやった」

「知らない」

「お前の部屋を探すぞ」

「やめてよ！」

「じゃあ言え」

「知らないってば」

「ヒマワリ、俺の顔を見て言えよ」

ヒマワリはさっきからずっと、クロと目を合わすことができずにいた。

嘘《うそ》をついているのがばれないように。

それに何より、怒ったクロを見るのが怖かった。自分のことを責める目をしたクロを、見たくない。

心配そうに、アオが割って入る。

「クロさん、疑ってかかるのはよくないです」

アオはヒマワリの前に屈みこみ、優しく声をかけた。

「ヒマワリさん。クロさんのピアスについて、何か知っていますか？」

「…………」

「ヒマワリさん？」

しかしヒマワリは答えず、ぱっと身を翻《ひるがえ》した。そのまま部屋を飛び出すと、階段を駆け上がって自室へと駆け込んだ。

すぐに、鍵をかけたドアの向こうからドンドンドン！　と強く叩く音が響き渡る。

「ヒマワリ、開けろ！」

ヒマワリは答えず、ベッドにもぐりこんだ。頭から布団を被って丸くなる。

ひくひくと嗚咽《おえつ》が漏れ始め、涙がせり上がってきた。しゃくりあげながら、ヒマワリは声を上げて泣いた。

クロはしばらく怒鳴っていたが、やがてアオがやってきて「落ち着くまでしばらくそっとしておきましょう」という声が聞こえると、やがて二人分の足音が遠ざかっていった。

ひどく、みじめな気分だった。

散々泣いたヒマワリは、すっかり夜も更《ふ》けた頃にもぞもぞとベッドから這《は》い出した。とても眠れそうにない。

恐る恐るドアを開けて廊下を覗き込んだが、誰の姿もない。城はしんと静まり返っている。クロはもう寝ただろうか。

足音を立てないよう階段を下りると、厨房《ちゆうぼう》からほんのり明かりが漏れているのが見えた。きっとアオだ。青銅人形のアオは、夜も眠らない。代わりにわずかな時間、しばらく動作を止めて休止状態に入ることがあるが、それは必ずクロが起きている昼間に行うと決めている。恐らく、明日の仕込みでもしているのだろう。

気づかれないよう、息を殺して玄関に向かう。扉が音を立てないようゆっくりゆっくり開け、するりと外へ抜け出した。

波の音が、闇《やみ》の向こうから耳に迫ってくる。少し湿った風が金の髪を揺らした。

クロの部屋からピアスの入った箱を持ち出したのは、確かにヒマワリだ。

衝動的に持ち出して、今は書斎の一番奥の本棚の陰に隠してある。

隠したピアスの姿が、脳裏をよぎった。

光を浴びることなく暗い夜に蠢《うごめ》く天《あま》の川《がわ》のようなあのピアスは、きっとクロによく似あうだろう。シロガネがそう思って彼に贈ったことは、手に取るようにわかった。

（シロガネはずるい）

きゅっと唇を噛《か》んだ。

大魔法使いとして魔法を自在に操って、名声をほしいままにして、この島でクロとアオと一緒に気ままに暮らして――彼はなんだって持っている。

（僕には、何もないのに）

自分に、家族はいたのだろうか。

いたのなら、今どうしているのだろう。

（僕のこと、探しているのかな）

自分の身体についた無数の傷痕《きずあと》は、誰かに殺意を向けられた事実だけを残している。

何もない自分に、ヒマワリという名前をくれたのはクロだ。その名前があるから、ここにいてもいいと思えた。

（あんなこと、しなければよかった……）

ひどく焦ったクロの表情を思い出す。

心の底から怒っているとわかる、厳しいどなり声。

きっとクロは、まだ怒っている。もうすっかり、嫌われてしまったに違いない。このまま
ずっと、ヒマワリのことを許さないかもしれない。

そうしたら自分は、ここを追い出されてしまうだろうか。

明日になったら、今すぐ出て行けと裏の井戸に放り込まれるのかもしれなかった。

（どうしよう……）

また泣きそうになって、目をごしごしと擦《こす》る。

気がつくと丘を越え、シロガネの墓までやってきていた。

月明かりを弾くその白い墓石は、ただの石のくせに、いつだって妙な存在感を湛《たた》えている。

ヒマワリは近くに落ちていた石を拾い上げると、おもむろに投げつけた。

それはこつん、と墓石に跳ね返って落下する。まるで呼応するように月が翳り、墓石が暗い影に沈んだ。思わず、ぱっと逃げ出した。

この小さな島で、行く場所など限られる。ぐるりと一周して林の手前に差しかかった時、ふと足を止めた。

ギギ、ギギ……

何かが軋《きし》むような音が、微かに聞こえた気がした。

（何の音？）

きょろきょろと音の源《みなもと》を探し、耳を澄ます。

ギギ、ギギギ……

音を辿《たど》って、ハーブ園に入り込んだ。バジル、ミント、フェンネル、セージにカモミール……アオが作っている一面のハーブの香りが夜気の中に漂い出す中、雲間から顔を出した月がゆっくりと進む車椅子のシルエットを青白く照らした。

竜の呪いを受けた女の子、セナだ。

車椅子の車輪を自ら回しながら、彼女はじりじりとハーブ園を抜けていく。その傍に、使用人であるムカイの姿はない。

竜の鱗に覆われた細い手が重たそうに車輪を回す様子は、なんだかひどく痛々しく思われた。車椅子は、庭を抜けてそのまま島の際まで進んでいく。

海を見下ろす絶壁の縁で、セナはようやく車椅子を止めた。

そのまま、身動きもせず、暗く黒い波の果てを見つめている。

ヒマワリは不安になった。

なんだか、少し前の自分を見ているようだった。

この島へ来た頃、どこかへ行かなくては、帰らなくてはと焦って、ああやって海を見下ろして——あの時は、クロが追いかけてきてくれた。

セナが、ぐっと両手に力を込めた。

車椅子が、じりりと前に進む。その先にあるのは、海だけだ。

ヒマワリは思わず声を上げた。

「危ない！」

同時に、浮遊の魔法を発動させた。

一気に魔力を編み上げる——崖下に真っ逆さまに落下しようとしていた車椅子の周囲に、大きな網を広げるように。

その網で車椅子を受け止めると、優しく包み込んで引っ張り上げ、セナごと宙に浮き上がらせた。そろそろと自分の目の前まで移動させて、慎重に地面に着地させる。

ほっと息をついた。

こんなに重量のあるものを浮かせたのは、初めてだった。

車椅子の上のセナは驚いた様子で、

「魔法使い……？」

と呟く。

「あなた、まさかシロガネ？」

「違うよ。僕はヒマワリ。大丈夫？　今、ムカイさんを呼ぶから待ってて――」

「余計なこと、しないでよ！」

セナは苛立《いらだ》たし気に、車椅子のひじ掛けを拳《こぶし》で叩いた。

驚いたヒマワリは、そのあまりの剣幕に固まってしまう。

「もう少しで死ねたのに！」

「し、死ねた……？」

「これ以上生きていてもしょうがないのよ！　もう、全部終わらせたいの！」

切迫した表情で喚《わめ》く姿に、ヒマワリは目を瞬《またた》かせた。

島へ現れて以来、こんなに感情的な彼女は初めて見る。

「私はもう治らないのよ！　死ぬのを待つだけ！　どんどん身体も動かなくなって、死ぬまでずっと苦しみ続ける！　そんな地獄《じごく》はもう嫌なの！」

必死に車輪を押し、再び海に向かおうとする。ヒマワリは慌てて車椅子に飛びついた。

「ま、待って！　シロガネなら、治せるかも！　シロガネが、帰ってきたら……」

帰ってきてほしくないと願っているのに、なんて矛盾《むじゅん》したことを言うんだろう、と我ながら思う。

しかしセナは、激しく頭を振った。

「治りたくなんかないのよ！」

「そんな、そんなこと――」

「治ったら私は、あの男と結婚させられる――あの横暴で残忍で、最低の男と！　私が不幸になるとわかっているのに、お父様やお母様はそれを望むわ！　それで一族は安泰なんだって……冗談じゃない！　ただでさえこの呪いを背負って苦しんだのに、まだ苦しめっていうの！」

吐き出すように、セナは叫んだ。

「私が死ねば、一族のうちの誰かがまた新たにこの呪いを受けるわ。今、私のことを厭《いと》わしく避けている、あいつらの中の誰かが！　そうなればいいのよ！　みんなずっと、未来永劫《えいごう》この呪いに怯《おび》えて暮らせばいい！」

だから、とセナの手がヒマワリの肩を掴む。

「お願い、死なせて……！　この病がさらに進めば、自ら命を絶つ力さえなくなってしまう。今しかないのよ。監視の目がない、今しか……！」

セナの瞳には、溢れる涙が浮かんでいた。

縋るようにヒマワリを掴む彼女の手は、微かに震えている。

ヒマワリはその鱗に覆われた手を、そっと握った。

するとセナがびくりと震えたので、ヒマワリははっとした。

「ごめん、痛いの？」

竜の鱗が生え、死に至る呪い。鱗の部分は、触れたら痛むのだろうか。

セナは一瞬息を呑み、そして逃げるようにぱっと手を引く。

「——痛く、ないわ」

隠すように両手を重ね合わせ、視線を彷徨《さまよ》わせた。

「気持ち悪いって思ったんでしょう」

「思わないよ」

セナは皮肉っぽく唇を歪ませる。

「みんな、口ではそう言って目を逸《そ》らすんだから」

ヒマワリはむっとして、彼女の手を両手でぎゅっと握った。

「思わないったら！　竜ってね、すごくかっこいいんだよ！」

セナは驚いたように目を瞠る。

「かっこいい？」

「そうだよ！　大きくて、強くて、それにすごく綺麗《きれい》で……」

「まるで、見てきたように言うのね」

ヒマワリははっとして、もごもごと口籠もった。

実際に見たことがある、とは言えない。クロが竜であることは、秘密なのだ。

「……ねぇ、部屋に戻ろうよ」

「嫌よ」

「でも……死んだら嫌だよ」

「なんでよ。赤の他人じゃない。私がどうなろうが関係ないでしょう」

「それでも、嫌だよ……」

引き留めるように、強く彼女の手を握りしめる。

泣きだしそうになるヒマワリに、セナは少し戸惑ったように俯いた。

「……わかったわ」

「本当?」

「代わりに、お願いをきいてくれる?」

「お願い?」

「あなた、魔法使いなんでしょう」

「うん」

「私を、ここから逃がしてほしいの」

「逃げる？」

「ここにいたら、いつかまたあの家に連れ戻される。そんなの絶対嫌なの」

「どこへ行くの？」

「どこだっていい、自由になれるなら。お金ならあるから、なんとかなるわ。――確か砂浜に、小さな舟があったわよね」

　それはかつてヒマワリが乗ってきた舟で、今も砂浜に打ち上げられたまま放置されていた。

「あの舟に私を乗せて。そして、一番近い港まで進むように魔法をかけてよ」

「だ、だめだよそんなの」

「お願いよ、早く！　ムカイが気づいて、起きてくる前に！」

　魔法で舟を進ませる――やったことはないが、きっとできるだろうとヒマワリは思った。物を動かす魔法を、舟にかけてやればいいはずだ。

　そう考えて、ヒマワリはあることを思いついた。

「うん……わかった」

　頷《うなず》くと、セナはぱっと身を乗り出した。

「本当?」

「僕も一緒に行く」

「え?」

「それならいいよ。僕、もうここにはいられないの。ここを出て、どこかで一緒に暮らそうよ。だってこの先、車椅子を押す人が必要でしょ?」


(追い出されるくらいなら、自分で出て行くんだ)

世間知らずの二人の家出には、なんの計画性もなかった。それでも、互いにここにはいられないという強い思いが、狂おしくその背を押していた。

ヒマワリはセナを再び浮遊させ一緒に砂浜まで降り立つと、舟に彼女を乗せてやり、車椅子もその横に積み込んだ。

風が出てきていた。それでも、波はさほど高くはない。

ヒマワリは魔法で舟を動かし始める。思った通り、それは難なく成功した。二人を乗せた小舟は、風に押されたようにするすると暗い海原《うなばら》へ滑り出していく。

空はいつの間にか雲に覆われ、月はすっかり隠れてしまう。星もない夜の海の上で、二人は北を目指した。大陸のあるほうへ。それ以上の具体的な行き先などわからないが、それでもよかった。前に進んでいるという高揚感が、二人を満たしていた。

「――私に呪いが移る前はね、私の叔父様が呪われていたの」

島から舟が離れて順調に進み始めた頃、セナがぽつりと語り出した。動かない足を投げ出して、舟の縁に背を預けている。

「私が幼い頃から、叔父様の身体には鱗が生えていたわ。みんな怖がって近寄らなかったし、私もいつも遠巻きにしてた。やっぱり、怖かったもの。でも叔父様はなんとか運命を変えようとして、呪いを解く方法を探しに、よく旅に出ていたのよ。……でもどんどん身体が動かなくなって、最後は寝たきりになってしまった。私、窓の外から少しだけ、そんな叔父様を覗き見たことがあるの。怖がっている割に、好奇心だけはあったのよ。最低よね。……その頃の叔父様はもう、人には見えなかった。身体中、びっしりと鱗に覆われて……息をするのも苦しそうだった」

思い出しているのだろう、ぶるりと身体を震わせた。

「叔父様は、庭から覗いている私に気づいたの。目だけが微かに動いたから、わかったわ。そして、かすれた声で言ったの。『ごめん』って」

「……どうして謝るの？」

「『呪いを解く方法が、見つからなかった。僕が死ねば、また誰かが苦しみを抱えることになる』――苦しそうに、そう言ってるのが聞こえた。私、怖くてすぐに逃げ出してしまったの。その翌日、叔父様は亡くなったわ。そして……今度は、私の身体に鱗が生えた」

じっと、自分の手を見下ろす。

「叔父様は、優しい方だったわ。化け物扱いして、怖がって近寄ろうともしなかった私なんかのことまで、心配してくれていた。彼が呪いを解く方法を探していたのは、ただ自分のためだけじゃなかったんだわ。自分の次に犠牲になる誰かを、もう出したくなかったのよ。……この呪いをかけた竜は、人の心をよく知っていたのね。こんなの、どんな復讐《ふくしゅう》よりも効果的で恐ろしいじゃない？　永遠に逃れられない恐怖を、私たちに突きつけ続けるのよ。これからまた、幾世代も、何百年も、何千年も……終わりなく、永遠に繰り返すものほど残酷なことはない。こんなことなら、疫病で一族が全滅しているほうが何倍もマシだった……」

ヒマワリは、ぎゅっとセナの手を握った。

「……ねぇ、ヒマワリは、魔法使いシロガネの弟子なの？」

「違うよ。僕、シロガネには会ったことないもの」

「会ったことがない？　魔法使いはいつから不在なの？」

「僕が島へ来たのは、四か月前だよ。でもシロガネはその間、ずっと帰ってきてない」

「そんなに長く？　……それなら、やっぱり待っていても無駄だったのよね。みんな、本当に馬鹿みたい……」

もう、島影は豆粒のように小さい。

その光景を目にした途端、これは現実なのだという実感に襲われた。

城に灯《とも》る明かりは針の孔《あな》程度の微かなものになり、かろうじてその目に映るだけだった。遠ざかるその光の中に、もう二度と入ることはできないのだ。

唐突に、心細さが募った。その寄る辺のなさが身を竦《すく》ませ、座っていることすら覚束《おぼつか》ない気分になってくる。

セナも同じなのかもしれない。暗い海の上で、二人はだんだんと言葉少なになり、身を寄せ合うように舟の中に蹲《うずくま》った。

ランプを持ってくるべきだった、と後悔する。どうして光を灯す魔法を覚えておかなかったのだろう。

それに、寒いし、お腹《なか》も空いてきた。

「……ムカイに、ちゃんとお別れを言えばよかったわ」

セナからは、舟を出させるまでの激しい剣幕はすっかり消え去っていた。怯えたような表情は、彼女をひどく幼く見せている。

「あんまりよね、私のせいで一緒に置き去りにされて。ムカイはね、子どもの頃からうちの家に仕えているの。母親もうちの使用人だったけれど死んでしまって、今は一人。これまでずっと、誰もやりたがらない私の世話を押し付けられてたの」

セナは自分の髪を、辿るように撫でた。

「毎朝、髪を編んでくれたわ。最初は下手《へた》だったけれど、私が気に入るまで、何度もやり直して……」

今はほどいて梳《と》かしただけの髪は、さらさらと風に揺れている。

「でも、これでようやくムカイも自由よ。好きに生きたらいい」

「大陸に着いたら、手紙を書こう。元気だって知らせれば、安心するよ」

ヒマワリは自分を勇気づけるように、わざと明るい声で言った。

「そうね……」

セナの頬に、ぽつり、と水滴が跳ねた。

波がかかったのかと思ったが、そうではなかった。

セナが怪訝《けげん》そうに視線を上げた。

「――雨？」

つられるように、ヒマワリも天を仰ぐ。

雨粒は最初、ぽつぽつと落ちてくる程度だった。しかしそれは瞬く間に、強い勢いで海面に降り注ぎ始めた。

風が激しく吹き寄せている。荒れた海はうねり、大きな波が幾重にも立って舟を取り囲んでいた。小さな舟は、突き上げられるように大きく揺れる。

セナが悲鳴を上げた。

真っ直ぐ進めと魔法をかけても、舟は圧倒的な波の力に抗《あらが》うことができなかった。木の葉のように翻弄《ほんろう》され、二人とも必死に舟縁《ふなべり》に摑まって身を縮める。

いっそ、舟ごと海面から浮かせてしまおうか。宙に浮かせたまま、大陸まで運べば——

だがそんなに長い時間、魔法を使い続けることができるだろうか。何しろ、やったことがない。それにこの強風の中を、魔法で突っ切ることができるのか。そもそも、大陸まであとどれくらいの距離があるかもわからないのに。

突然、世界が回った。

大きく傾いだ舟から、ヒマワリの身体がぽんと放り出されてしまったのだ。

「ヒマワリ！」

風と波の音の向こうに、セナの声が聞こえた気がした。

渦のような波に呑まれたヒマワリは、暗い底なしの闇の中に引きずり込まれる。

必死に両手足を動かしてもがいた。海水が、口から鼻から流れ込んでくる。

なんとか海面から顔を出した。激しく咳《せ》き込みながら、乗っていた舟を探す。その間にも絶え間なく波が頭上から覆いかぶさり、沈んでは浮上することを繰り返した。

頭上を覆う暗い空、冷たい雨の感触。

波間に垣間見えた舟は、ひどく遠い。

微かに見えたセナの顔は、真っ蒼《まさお》だった。ヒマワリ！　と呼んでいるのがわかったが、雨と波の音に消されてほとんど聞こえない。

何度も波に押し戻されながらようやく舟まで辿り着き、縁に手をかけた。セナがぎこちない動きで、必死にその身体を引っ張り上げようとする。

水を吸った服が、余計に自分の身体を重く感じさせた。セナの長い髪は濡れそぼり、彼女のほっそりした頬に張り付いている。不思議なことに、冷たく思えたその色も目も、これまで見たことがないほど生気に溢れ輝いて見えた。

ようやく舟に這い上がると、ヒマワリは肩で息をしながら蹲った。

「ヒマワリ！」

「あ……ありがとう……セナ」

セナがヒマワリの背中をさすってくれる。

二人ともずぶ濡れだった。

体温がどんどん奪われていくのがわかる。

雨も風も、止む気配はない。舟は荒波に翻弄されるばかりで、なすすべもない。

じわりと目に涙が浮かんでくる。

（こんなこと、するんじゃなかった。しかも、セナを巻き込んで……）

「ヒマワリ、あなただけでも魔法で島に戻れる？」

驚いて、ヒマワリは顔を上げた。

「できるならそうして。私はどうせ死ぬんだから、今ここで死んでも同じだわ」

「だめだよ！　……それに、どっちにしても無理なんだ。僕はまだ魔法を勉強し始めたばかりで、島まで飛んだりするのはできなくて……」

稲妻が一瞬、世界を照らし出した。腹の底まで響く雷鳴に、二人は互いに手を握って身を竦める。

どす黒い海面が、陰影を持って蠢きながら光の中に浮かび上がった。

そのどこにも、陸の影はない。

この広い海原の中で力なく彷徨っている孤独に、ヒマワリは泣き出しそうだった。

(帰りたい、島に——アオとクロのところに)

再び閃光《せんこう》が走り、天と海の間に幾筋もの線を刻んだ。

光の中に、大きな影が映りこむ。

ヒマワリは雨粒を受けながら、滲む視界に目を凝《こ》らした。

幾度も鳴り響く轟音《ごうおん》。

その果てから、雨風をもろともしない黒い翼が悠然と、空を掻き風を切り、近づいてくる。

見間違いだろうかと、ヒマワリは濡れた目をごしごしと擦った。

その視線を追って、セナも硬直する。

「……竜」

彼女の声は、震えていた。

空から舞い降りた漆黒《しっこく》の竜は、木の葉のように揺れている舟の真上までやってくると、その鎌首をもたげて二人を見下ろした。

稲妻が、その姿を露《あらわ》にする。雨に濡れた鱗が眩《まばゆ》く輝き、まるで黄金の彫刻を見ているようだった。

濡れた頬に雷光を映しながら、セナは魅入られたようにその姿を見上げている。

そしてぽつりと、

「私を、殺しに来たの……？」

と言った。

「いいわ、殺して」

両手を竜に向け、促すように差し出す。

「殺していい。だからもう終わりにして。終わりにしてよ……！」

悲鳴のように叫ぶセナに、竜が大きく口を開き、牙を剝《む》き出しにした。

覚悟を決めたようにぐっと目を瞑《つむ》ったセナだったが、しかしその牙が彼女に届くことはなかった。

竜はおもむろに前脚《あし》を持ち上げると、セナの身体をがしりと摑み上げた。

「きゃあっ！」

そのまま竜は、頭を舟に寄せる。

そして、

「さっさと乗れ！」

とヒマワリに向けて叫んだ。

いつものクロとは似ても似つかない、地の底まで響きそうな恐ろしい声。

だがその口調は、あまりにクロだった。

びくりと身体を震わせ、ヒマワリは無我夢中で竜の頭に飛びついた。そこから首をつたって、背中にしがみつく。

「振り落とされるなよ」

言うや否《いな》や、大きく羽ばたき高く舞い上がる。

ぐんぐんと上昇しながら、眼下では二人が乗っていた小舟がひっくり返り、黒い波の狭間に呑み込まれ沈んでいくのが見えた。肩越しにそれを確認して青ざめると、ヒマワリはぎゅっと竜の背に縋りついた。

セナは身体を二つに折るようにしてクロの前脚に摑まれたまま、ただただ呆然《ぼうぜん》としているようで、一言も発さなかった。

雨を受けながら風を切って進む竜は、その重量感からは想像もできないほど軽やかに飛んでゆく。

「クロ……！」

雨風の音に負けないよう、ヒマワリは大きな声で叫んだ。

「ごめんね、ごめんねクロ！」

その背を抱くように、両手に力を込める。

「……嫌だったのか？」

「え？」

「出て行きたいくらい俺たちと暮らすのが嫌だったなら、そう言え！　どこか大陸でお前が暮らせる場所をちゃんと用意する。だから、こんなふうに勝手に出て行くのは──」

「違うよ！」

慌ててヒマワリは声を上げた。

「だって、クロがすごく怒ってたから！　僕のこと、嫌いになっちゃったと思ったから……」

鱗に覆われた背中に、ひしと必死に抱きつく。

「クロとアオと一緒にいたいよ！　あの島で、三人で暮らしたい！」

竜はそれきり、大きな口を噤んだ。

ヒマワリは改めて、海原を見渡した。荒れ狂う海面は遥《はる》か遠く、あれほど翻弄された高波もひどく小さく見える。

空高く、風を切って進む感覚は、これまで経験したことのないものだった。

今、自分は竜の背に乗っている。

（すごい──）

大きく羽ばたく羽の躍動を、肌で感じる。

その度に盛り上がる筋肉、触れた鱗の艶《つや》やかな感触――竜という存在はなんて美しく、かっこいいのだろう。

あんなに、背中に乗せるのを嫌がっていたのに。

「ありがとう、クロ……」

呟いたヒマワリの声は、風にさらわれてクロに聞こえなかったかもしれない。返事はなかった。

灰色の雨の帳《とばり》の向こうに、終島が見えてきた。

城の前で、小さな明かりが揺れている。

レインコートを羽織って傘とランプを手にしたアオが、心配そうに空を見上げていた。

その隣では、真っ青な顔をしたムカイが右往左往している。彼は近づいてくる竜の姿に気づくと、驚愕して動きを止めた。

「……嘘だろ……竜……？」

しかしその前脚に掴まれているセナに気づいた途端、「お嬢様！」と声を上げて駆け寄ってきた。

クロはゆっくりと降下して、セナをそっと地面に下ろしてやる。自らも音を立てて着地すると、ぶっきらぼうに「降りろ」とヒマワリに命令した。

「お嬢様！　お嬢様、お怪我は!?」

ムカイは泣き出しそうな顔で、セナの肩に手をかける。

しかしセナは、無言のまま傍《かたわ》らの竜を見つめていた。

「俺の血が欲しいか？」

黒竜の声が響き渡る。

ムカイが、はっと息を呑んだ。

竜の血には、どんな病をも治す効能がある。

目の前にいるこの竜の血をセナが飲めば呪いを克服できるかもしれない、という希望が彼の瞳に宿ったのがわかった。

だがセナは、真っ直ぐに竜を見据えて言った。

「いらない」

きっぱりとした口調だった。

「お嬢様……!?」

「そんなことして、新たな呪いをかけられるのはごめんよ」

怯《ひる》む様子もなく、セナは力強い眼差《まなざ》しを黒竜に向ける。

するとこころを決したように、ムカイが竜の前に進み出た。

「……それなら、僕が呪いを受けます！」

「ムカイ？」

ぎょっとしたようにセナが声を上げる。

「だからどうか、血をほんの少し、お嬢様に分けてはいただけませんか⁉　代わりに、どんな呪いも僕が引き受けますから！」

「馬鹿なこと言わないで！　私が死ねば、お前だって自由になれるのに！　ずっと私の世話を押し付けられたせいで、皆怖がって誰もお前に近づこうともしないじゃないの！　お前は何も、悪くないのに……」

ムカイは泣き出しそうな顔で、縋りつくようにセナの手を握りしめた。

「生きてください、お嬢様……！　お願いです！」

そのままむせび泣くムカイに、セナは困惑しているようだった。

ヒマワリは目をぱちくりとさせる。

「ムカイは、セナのことが好きなの？」

するとムカイの顔が、みるみるうちに赤く染まった。

「ムカイ……？」

セナは目を見開き、戸惑っているようだった。

ムカイは紅潮した顔を隠すように俯くと、恐々と身を離す。

「身分違いであることは、心得ております。ですから、決して分不相応な望みなど抱いておりません。僕が望むのは、ただ、お嬢様が生きることなんです。――母が死んだ時、自分は何もできませんでした。もっと早く不調に気づいてあげられたら、何かいい薬を手に入れることができていたらと、何度も考えました。もう、あんなふうに後悔するのは嫌なんです……！」

竜が微かに目を細め、ムカイを見下ろす。

「だからお願いです。僕にできることがあるなら、させてほしいんです。それで、お嬢様が助かるなら」

「……お前、この姿を、おぞましいと思わないの」

信じられない、というようにセナが呟く。

ムカイは、ゆっくりと顔を上げた。

「何をいまさら。毎日、こうしてお顔を見て、いつもお傍にいるというのに」

鱗に覆われたセナの頬に、ムカイの掌《てのひら》が優しく触れた。その仕草に、遠慮はあっても恐れや躊躇いは微塵《みじん》も見えなかった。

アオが、かたかたと揺れ始める。

どうやら目の前で本物の愛の告白を見たことで、かなり感動しているらしかった。

「――お前たちは、ここで見聞きしたことを誰にも話すことができない」

クロが、大きな牙を剥き出しにして言葉を紡《つむ》いだ。

竜の呪いだ。

二人ははっとして、自分たちに呪いの言葉を向ける竜を振り仰ぐ。

「もし一言でも話そうとすれば、お前たちの心臓は止まるだろう。そして二度とここへ来ることはない」

揺れていたアオが気を取り直したように軒《のき》先に走り、予《あらかじ》め用意していたらしいバスローブを手に取って戻ってきた。

巨大な黒竜は一瞬その姿をぐにゃりと歪ませ、急に影を縮ませた。その姿が掻き消えたと思うと、その場には黒髪の青年だけが佇んでいる。

何も身に着けていないクロに、アオがぱっとバスローブを羽織らせてやった。女性のセナがいるので、気を遣ったらしい。

目の前で竜があのクロに変化した様に、ムカイとセナは驚いている。

「あなた……あなたが、竜だったの？」

「死ぬならよそでやってくれ。俺たちを巻き込むな」

クロは雨に濡れた髪をかき上げ、面倒くさそうに言った。

二人を一瞥《いちべつ》すると、さっさと城の中に入っていく。

取り残されたびしょ濡れの三人に、

「とりあえず、中へ入りませんか」

とアオが促した。


クロが自分の部屋で着替えていると、控えめにノックする音が響いた。

「……クロ、入っていい？」

細く開いたドアの向こうから、おずおずと顔を出すヒマワリの姿が見えた。風呂に入ったらしく、寝間着に着替えている。

背を向けて、「ああ」とだけ返事をした。

そっと入ってきたヒマワリは、クロの後ろに立って、しばらく躊躇《ちゅうちょ》しているようだった。

「クロ、ごめんなさい。これ……」

振り向くと、ヒマワリが両手で小さな箱を差し出していた。

中には、あのピアスが輝いている。

「なんでだ？」

「え？」

「なんでそれ、持っていった。欲しかったのか？」

「……ううん。違う」

「じゃあ、俺への嫌がらせか」

「違う。シロガネが……」

「シロガネ？」

「これ、シロガネがクロにあげたんでしょ」

確かにそれは、シロガネがクロからの贈り物だった。

——君の人生は長いから。でも、いつか僕が死んでも、これを身に着ける時くらいは思い出してくれるだろう？

ある時突然、そう言って笑いながら差し出してきたので、驚いたのを覚えている。その場で、シロガネが手ずからクロの耳につけてくれた。

それからしばらくして、シロガネに死期が迫っていると聞かされた。それをわかっていて、わざわざ用意したのだろう。

シロガネから贈られたピアスは、しかしシロガネが死んで以来、一度も身に着けていない。

それをつけて彼を偲《しの》ぶ真似は、まるでシロガネがもう二度と帰ってこないと思っているようだったから。

「クロもアオも、シロガネのことばっかりだから……だから……」

ヒマワリはもじもじと俯きながら、小さくなっている。

要するに、シロガネにやきもちを焼いているということなのか。

クロは両手を腰に当て、ふうーと大きく息をついた。

「人の物を盗むのは、絶対にやってはならないことだ。これは俺にとって大事なものだから、失くなって——悲しかった。すごくな」

「……うん」

「二度とするな」

「……うん」

「それと、もう二度と勝手に島を出るような真似はするな。アオが大変だったんだぞ、お前たちが島から離れたみたいだって、ガタガタ震えて駆け込んできて……」

向日葵《ひまわり》が咲く瞳が、不安そうにクロを見上げた。

「僕のこと、嫌いになった？」

「…………なってない」

クロはその金の髪を、わしゃわしゃと掻きまわすように頭を撫でてやった。しかし、そこからどうしていいかわからず、視線を彷徨わせた。

(育児書、読んでおけばよかったか……)

「ほら、戻って寝ろ」

「ここで一緒に寝ちゃだめ？」

「…………」

クロは黙って、ランプの明かりを消した。

何も言わずにベッドに入ったクロに、それが肯定だと判断したらしいヒマワリは、そろそろと布団の中に潜り込んできた。

クロはごろりと横になり、ヒマワリに背中を向ける。子どもの体温が、その背中にぴたりと擦り寄ってきたのを感じた。

「ねぇ、シロガネもこんなふうに一緒に寝たことある？」

「……気持ちの悪いこと言ってんじゃねぇ。あるわけねーだろうが」

ぞっとして、思わずぶるりと震えた。

するとヒマワリは何故か嬉しそうに、

「へへー」

と笑って、さらにぴたりと抱きついてきた。

「なんだよ」

「ううん。おやすみなさい」

ヒマワリは、やがて規則的な寝息を立て始めた。

しばらくしてヒマワリが自室にいないことに気づいたアオが心配してやってきたが、クロと一緒に寝ている姿を見てほっとしたようだった。

小声でそっとクロに話しかける。

「クロさん、俺も一緒に寝ていいですか」

「ふざけんな」

しゅんとして、アオはドアの向こうに顔を引っ込めた。

セナとムカイはそれから六日間、島に滞在した。

自分を置き去りにした両親のもとへは絶対に帰らない、とセナが断固拒否したので、今後のことを相談する時間が欲しいとムカイが頼み込んだのだった。

そして今日、二人は魔法の古井戸を通って大陸へと帰る。

セナが言った通り、彼女の懐《ふところ》は相当暖かいらしく（両親が去る時に、償《つぐな》いのつもりなのかそれなりの金を置いていってくれたらしい）、国元へは戻らず、どこか田舎に家を買って暮らすつもりだという。それはつまり、セナの命が尽きるのを静かに待つ場所、ということだ。

出発当日、朝食の席でセナは淡々とサラダを口に運び、ムカイはずっと暗い表情をしてパンをちぎっていた。

当初はアオが毎回食事を部屋まで運んでいたのだが、ヒマワリがセナと一緒に食べたいと言って、それ以来同じテーブルを囲んでいる。

一方でクロは頑《かたく》なに彼らとの同席を拒み、わざわざ時間をずらして下りてくるようになった。それだけでなく、セナとの接触を可能な限り避けていて、最近ではほとんど塔に籠もっていた。一度、庭に出ていたセナと鉢合わせした時も、クロは無言で踵《きびす》を返してしまった。

ところがこの日、朝食の場にクロが姿を見せたので、ヒマワリは目を丸くした。

飲み物を運んできたアオと一緒に現れたクロは、無言で席につく。その様子を、セナもムカイも驚いた様子で目で追った。

クロの正体を知ったムカイは、まだ竜の血を諦めきれないようだ。向かいに座ったクロを、もの言いたげにちらちらと見ている。クロは気づかないふりをして、慣れた手つきでナプキンを広げた。

クロの横でスープを飲んでいたヒマワリは、落ち着かなかった。

このままセナは、呪いのせいで死んでしまうのだろうか。

「セナ、僕魔法をたくさん勉強するから。それで、いつか呪いを解く方法を絶対探し出す——ううん、僕がきっと方法を編み出すよ。だから、それまで待っていて」

意気込むヒマワリに、セナはくすりと笑った。

ここ数日で、彼女はこんなふうに時折笑顔を見せるようになった。きっと呪いが発症するまでは、普通に笑う女の子だったに違いない。

「ありがとう、ヒマワリ。でも、いいのよ」

窓から差し込む朝日に向けて、セナは自分の掌をかざした。

「竜の鱗って、綺麗だわ」

そうでしょう、と言いたげに、クロに視線を投げる。

クロは何も言わず、黙々とパンにマーマレードを塗っている。セナは反応がないことがわかっていたように、少しだけ苦笑するような表情を浮かべた。

「セナさん、お茶をどうぞ」

アオが銀のトレイからポットを取り上げる。

「ありがとう。ああ、いい香り」

カップに注ぐと、ハーブの香りが立ち上った。セナはアオが庭のハーブで作ったオリジナルのハーブティーをすっかり気に入って、毎日愛飲していた。

「今日のは少し変わった味ね」

「ええ、セナさんがむくみが気になると仰っていたので、少し配合を変えてみたんです。──はい、ヒマワリさんはミルク。ムカイさんとクロさんは珈琲《コーヒー》ですね」

それぞれの嗜好《しこう》に合わせて、てきぱきと給仕していく。結局ムカイは何も言わなかったし、クロも澄ました顔で食事を済ませた。

朝食が済むと、二人は荷物をまとめて裏の井戸へと回った。

車椅子は海に沈んでしまったので、ムカイがセナを抱きかかえ、荷物はアオが持ってやる。

「お世話になりました」

ムカイが頭を下げた。

見送りにやってきたヒマワリは、少し離れた場所に立っているクロをちらりと振り返った。結局この六日間、彼は一度もセナと口をきいていない。

「ヒマワリ」

セナが手招きして、ヒマワリを呼んだ。

「本当に、ありがとう。会えてよかった」

「また会おうね、セナ。手紙ちょうだい。僕、シロガネよりすごい魔法使いになって会いに行くから！」

セナは微笑んだ。

「きっとよ。楽しみにしてるわ」

「では、俺は二人を送ってきます。——行き先、港町ミツハ」

アオは古井戸に手をかけると、底に向かって声をかけた。目的地を述べることで、魔法の道の行き先を設定したのだ。

「さぁムカイさん、この中へ飛び込んでください」

「……本当に、大丈夫なんですか、これ？」

薄暗い井戸の中を、恐る恐る覗き込む。

「怖かったら、目を瞑っていてください。一瞬ですから」

「ほらムカイ、さっさとして」

セナに叱咤《しった》され、ムカイは覚悟を決めて井戸の縁に足をかけた。

「では、行きますよ」

三人が井戸に飛び込む。

煌々《こうこう》とした光が井戸の底から湧き上がり、そして、淡雪のように消えた。


井戸を通り抜けると、三人は本当に一瞬で大陸南端の港町へと辿り着いていた。

その魔法の力に、ムカイは心底感嘆してしまう。同時に、こんなことができてしまう魔法の力でも、セナにかけられた呪いは解くことができないのかと思うと、やりきれない気持ちにもなった。

アオはすぐに島へと帰っていったので、ムカイはセナを抱えて、ひとまず近くの宿へと入った。広くはないが清潔な部屋に落ち着くと、セナを椅子に座らせてやる。

ほっと息をついた。

そして、少し緊張した。

これからは、本当に二人きりなのだ。

「どこかで、車椅子を調達しないといけませんね」

そう言いながら、荷物を広げ始める。

セナは窓の向こうに広がる海を、ぼんやりと眺めていた。その様子に、少し不安になってくる。

彼女は、後悔してはいないだろうか。

「……お嬢様、本当によかったんですか？」

「何が？」

「これから僕と、一緒に、……二人で暮らすという……」

セナは呆れたように、ムカイに向き直る。

「その話は何度もしたじゃないの。ここまで来てまだ言うの？」

「だってお嬢様は、本当なら一国の王妃になられる方なんですよ。それが……」

「むしろ私の台詞《せりふ》よ。本当にいいの、ムカイ？　私は遠くないうちに死ぬのよ。全身、鱗だらけになって……」

セナは自分の鱗に覆われた手を、そっと撫でる。

「私の世話をするだけの数年が終わって、その後には何も残らないのよ。それでいいの？」

「お嬢様！」

　ムカイは膝をつき、両手でその手を包み込む。

「その話も、何度もしたじゃありませんか。それに、治らないと決まったわけではありません。きっとどこかに、方法があります」

「ムカイ……」

「大丈夫ですよ。──そうだ、四大魔法使いの一人、西の魔法使いを訪ねてみませんか？」

「四大魔法使いには、以前も頼ったけれどだめだったわ」

　セナの両親は北の魔法使いに助けを求めたが、なすすべがないとすげなく追い返されたのだった。

「それで、最後の望みとしてシロガネを訪ねたのに」

「でも西の魔法使いは大層評判が良い方で、病に効く魔法を多く編み出しているという噂です。北の魔法使いとは違って、何か方法を考えてくださるかもしれません」

「……もういいのよ、本当に」

　宥《なだ》めるように、セナがムカイの手を優しく叩く。

「心穏やかに暮らして、最期の時を迎えられたら、それでいいわ」

「お嬢様……」

「ねぇ、お嬢様ってやめてちょうだい」

「え」

「セナって呼んでよ」

「で、ですが」

「私、今までみたいにあなたと使用人と主人として暮らすつもりはないわよ」

「…………！」

ムカイは息を呑み、セナは少し気恥ずかしそうに横を向いた。

「え、ええと……せ、セナ…………様」

それが限界だった。

セナは可笑《おか》しそうに、くすくす笑っている。

ムカイはしばし、その笑顔に見惚《みと》れた。彼女は元来、いつだってこんなふうに笑う、明るくて心優しい少女だったのだ。

そしてそんな彼女を、ムカイはいつも遠くから見つめていた。

ムカイはセナに背を向け、あたふたと荷解きを始めた。顔が熱い。きっと今の自分は、茹《ゆ》でだこのようになっているに違いない。

「え、えーと、お昼は何を召し上がりますか？　さっき見かけた、魚料理の店がよさそうでしたよね！　それとも、お肉のほうがいいですか？　あ、でもここに持ってこられるものがいいですね。片づけたら、ちょっと出てきます。ついでに車椅子を調達できる店がないか、探してきますよ。お嬢様……じゃ、ない、セ、セナ様は、少しお休みになっていてください。ほかに何か欲しいものはありますか？　あ、香油が切れそうですね、探してきます。ええと、あとは――」

照れ隠しにぺらぺらと一人で喋り続けたムカイは、セナが何も答えないので不安になった。

「おじょ……セナ様？　あの」

ムカイは恐る恐る、ゆっくりと振り返る。

そして、それ以上喋ることができなくなった。

椅子から立ち上がったセナが、呆然と彼を見つめている。

彼女の二本の足が、しっかりと床をとらえていた。

その頬から、一枚の鱗がはらりと剝がれ落ちるのを、ムカイは夢の中のことのように見つめた。

「――あれ？　クロ、その指どうしたの？」

セナたちを見送り城へと戻ったヒマワリは、ソファに座って新聞を読んでいるクロの横に座っていた。

クロの指は長くて綺麗だ。

しかしその左の人差し指の先にナイフで切ったような跡があり、滲んだ血が凝固し始めていた。

クロは、

「……新聞で、切った」

と所在なさげに紙面に視線を落とす。

開けたままになっていたドアの向こうを、朝食で使った皿やポットを乗せたワゴンを押すアオが、静かに通り過ぎていった。

三　時間旅行

終島《はてじま》は小さな島だ。島の端をぐるりと歩いて回っても、三十分ほどで一周できてしまう。

ヒマワリがこの島へやってきてまず真っ先にしたことは、島唯一の建造物である広大な古城の探検であった。

蔦《つた》の這《は》った陰鬱《いんうつ》な灰色の城は地下二階地上四階建て、そこに尖塔《せんとう》がいくつか突き出している。そのうちのひとつ、北の塔はクロのねぐらである。城内には数えきれないほどの部屋が並び、盛大なパーティーが開催できそうな大広間や、膨大な書物がひしめく書庫、遊《ゆう》戯《ぎ》室に武器庫など、今は使われずに閉ざされている部屋も多い。

そのひとつひとつを覗《のぞ》き込んでは、かつてそこに生きた人物の痕跡《こんせき》に想像を巡らせたり、幽霊はいないのかと薄暗い物置や古簞笥《だんす》の奥を探ったりした。

特に、三階にあるロングギャラリーはお気に入りだ。絵画や彫刻がずらりと飾られた広い通路は、走り回るのにうってつけである。そしてなにより、魔法使いの城に飾られた美術品は、ただの美術品とは限らない。

『また来たのか小僧。お前にこのギャラリーの素晴らしさがわかるのか？　知識と教養のない愚《おろ》か者は、とっとと帰れ！』

通路の入り口に置かれた胸像が、ヒマワリをあざ笑った。

それは巻き毛の青年で、ここにある美術品の管理者を自負している。普段は完全にただの石膏像《せっこう》だが、人がやってくると目を覚まして悪態をついた。とにかく誰に対しても上から目線で、アオによるとシロガネに対しても同じような態度だったらしい。あまり会話は成り立たず、すぐにぶつぶつと美術品の蘊蓄《うんちく》を語り始めてしまうので、「こんにちは」と挨拶《あいさつ》だけして素通りする。

長い通路の左側には大きな窓が並び、明るい光を取り込んでいる。右側には天井までびっしりと壁を覆《おお》い尽くす絵画が、所狭しとひしめいていた。

そのうちのいくつかは、ただの絵ではない。

ヒマワリは、ある大きな絵の前で足を止めた。

優雅に踊る男女が描かれている。女性の白いドレスが美しい。

途端に、絵の向こうから風が吹き付け、溢《あふ》れんばかりの花びらが幾重にもヒマワリに向かって押し寄せてきた。ざざざ、と音を立てながら、それが視界いっぱいに広がる。

花びらが通り過ぎていくと、ヒマワリの目の前には、先ほど絵の中に描かれていた男女が立っていた。

そこは煌《きら》びやかな宴《うたげ》の場で、輝くシャンデリアが無数の人々を照らし出している。彼らはいずれも、生身の人間にしか見えなかった。互いを熱く見つめ合い華麗なステップを踏んでいる男女は、心底幸せそうに微笑《ほほえ》み合っている。

これは魔法画というのだと、アオに教えてもらった。

魔法をかけた画材で魔法使いが描く、特別な絵。見る者を絵の中に招き入れ、まるでそれが本物の世界のように見せてくれる。

周囲で踊る人々に交じって、ヒマワリもくるくると踊りながら笑い声を上げた。

やがて、ふっと闇《やみ》が落ち、その風景は消え去る。

気がつくとそこは額縁の前で、ヒマワリは城のロングギャラリーに立っている。

絵の中に入り込めるのは、ほんのわずかな時間だけなのだ。

魔法画はほかにもいくつかあって、ひとつひとつ絵の前に立ってみては魔法画か普通の絵画かを確認し、魔法画を見つけると様々な景色の中に飛び込んだ。ここにいるだけで、見知らぬ美しい街も、深い緑の森も、薄暗い誰かの寝室も訪れることができた。

そんなふうに遊び回りながら、やがて城のほとんどを探検し尽くしたヒマワリだったが、決して入ってはいけないと言われている部屋がいくつかあった。

例えば、シロガネの研究室がそのひとつだ。

入ってはいけないと説明するアオに対して、クロが呆《あき》れたように言ったものだ。

「馬鹿《ばか》お前、前振りにしかなってないぞ。見るなと言ったら見る、開けるなと言ったら開ける、押すなよって言ったら押すのが人間なんだ」

その通りだ、とヒマワリは思った。

研究室には鍵がかかっていた。ただの鍵ではなく、シロガネがつけた魔法の鍵だ。そう簡単には開かない。

ヒマワリは毎日、鍵を開ける方法を探して魔法書を読みふけり、いくつもの方法を試みた。そうして散々に試行錯誤した結果、二か月かけてようやく扉を開けることに成功したのだった。

城の東側に位置するその部屋は、思った以上に天井が高かった。曲線を描くドーム型の天井には、星図が広がっている。南に張り出した部分の天窓から光が差し込み、机や棚に積もった埃《ほこり》を白々と照らしていた。

部屋の中央はせり上がった円形の段差があり、足下には美しい幾何学《きかがく》模様のタイルがびっしりとはめ込まれていた。その上に据えられた大きな作業台が、この部屋の中心だ。脇には、大きな鍋がかけられたままの煤《すす》けた竈《かまど》。

窓辺に置かれた書き物机には、羽根ペンの刺さった壺《つぼ》、古い本や書類、標本などがごちゃごちゃ折り重なっており、その頭上では銀色の鳥のモビールが微《かす》かに揺れて光を放っていた。ひとつひとつラベルのついた小さな引き出しがびっしりと並んだ棚の上には、動物の頭蓋骨《ずがいこつ》や硝子《ガラス》容器に入った標本——植物、虫、爬虫《はちゅう》類など——が整然と置かれている。

天井まで伸びる作りつけの本棚は圧巻で、埃をかぶった本が静かにひしめきあっていた。

入って右手には階段があり、研究室を見下ろすことのできる中二階の空間に繋《つな》がっていた。仮眠用だろうか、小さなベッドが据えられ、いつかのシロガネが使ったまま放置されているのか、上掛けが無造作に払いのけられた状態で時間を止めていた。その周囲には飲みかけの酒瓶《さかびん》やら、脱ぎ捨てたままの上着やら、ほかにもがらくたにしか見えないものが散らばり、シロガネという人は結構ずぼらそうだな、とヒマワリは思った。

鍵を開けたことは、アオとクロにはもちろん秘密にしている。

自分は魔法使いらしい。しかし、魔法使いというものをよく知らない。

魔法について、魔法使いについて知識に飢《う》えていたヒマワリは、度々この部屋をこっそりと訪れては、シロガネの直筆ノートや蔵書を読み漁るようになった。

もうひとつ、入ってはいけないと言われている場所があった。地下二階の暗い廊下の突き当たりにある、赤い扉の部屋である。

灯《あか》りを手に近づいていくと石畳《いしだたみ》が陰鬱な足音を響かせる、いかにも不気味でおどろおどろしい場所だった。手前には鉄格子《てつごうし》が降りた牢《ろう》が並んでいて、もちろん中には誰も入っていないのだがこれがまた大層薄気味悪い。

赤い扉には鍵がかかっていたが、こちらはあくまで一般的な鍵だったので、シロガネの部屋に入るために探し出した開錠の魔法のひとつを使い、容易に開けることができた。

最初に部屋の中へ足を踏み入れた際、ヒマワリは思わず甲高《かんだか》い悲鳴を上げた。

誰もいないと思っていたのに、目の前に人影が現れたのだ。

しかしよくよく見れば、それは人ではなかった。人の顔がついた黒い棺桶《かんおけ》のような箱が、中央にどんと鎮座していたのだ。不気味に黒光りするその顔は、どうやら女性を象《かたど》っているらしかった。

灯りを高く掲げて、内部を見回す。置かれているのは、拘束具のついた木製の大きな椅《い》子《す》、丸い穴の開いた板が上部に据えられた台などだ。その背後には、何に使うのかよくわからない個性的な形をした金属製の器具たちが、まるで厨房《ちゆうぼう》にあるフライ返しやお玉のようにずらりと壁に下がっていた。

最初人の形に見えた箱には扉がついていて、内側には棘《とげ》がいくつも突き出している。その中には、人が一人ちょうど入れるくらいの空間があった。

中を覗き込んだヒマワリには、箱に入り蓋《ふた》を閉めれば中の人間がどうなるのか、容易に想像がついた。

鋭利な棘の先が、そういえば妙に黒ずんでいるような気がする。足下に血の跡はないかと、恐る恐る見回した。

初日は思わず走って逃げ出したが、なんだかんだでそのスリルがちょっとした快感となり、この拷問《ごうもん》部屋も時々一人で訪れては肝《きも》試しを楽しんでいる。

そんなふうにして一人遊びがまったく苦ではないのも幸いし、島に来てから五か月経《た》った今でも、ヒマワリは毎日退屈することなく過ごしていた。


その日もヒマワリは、うきうきと城の中を歩きまわっていた。

今日は五百年前にこの島へやってきた海賊《かいぞく》が隠した宝——というのはヒマワリが妄想しただけでそんなものはないのだが——を探す探検隊になって——一人だけれど——、あちこち部屋に出入りしては、引き出しやら箱やらを片っ端から開け放っていった。

クロは居間でごろごろしているし、アオは風呂でメンテナンス中だ。

彼らに気づかれないよう、密やかに足音を忍ばせて無人の厨房に入り込む。

「探検隊諸君、きっとここにお宝が隠されているぞ！」

目には見えない仲間たちを先導し、ヒマワリは大きな音を立てないように注意しながら、あちこちの棚を開け始める。

引き出しの中からビスケットの入った缶を見つけると、にんまりと笑みを浮かべた。

「これは妖精が隠したビスケットだ！　食べると体力が回復する！」

一枚だけ取り出し、ポケットに忍ばせる。これくらいなら、なくなっても気づかれないだろう。

次に、食材の保存庫に手をかける。物を冷やす魔法がかけられていて、長期保存が可能だ。

扉を開くと、大きなクグロフ型のゼリーが現れた。カラフルなフルーツが詰まったエメラルド色のそれは、まるで宝石のようにツヤツヤと輝いている。アオがクロのために作った、特別仕様のゼリーだった。クロは食べ物もキラキラが好きなのである。

ゼリーはその四分の一が、すでに切り取られてなくなっていた。昨夜、クロが大きなお皿片手に食べていたのを思い出す。ヒマワリが一口食べたいと言っても、頑としてくれなかった。

「ついにお宝を発見した！　竜が持つ、巨大なエメラルドだ！」

ヒマワリは嬉々としてスプーンを取り出し、切り口に沿って慎重にゼリーを薄く掬《すく》った。ばれたらクロが怒るのは明白なので、減っていることに気づかれない程度にしておく。

ふるふると震えるゼリーを、あーんと口に運ぶ。

そのおいしさに、ふにゃりと頰《ほお》を緩ませた。

（もう一口……）

もうちょっとだけ、とさらにスプーンをつける。

しかしそうするとまた、あと少しだけ、もうちょっとだけ、と手が止まらない。そうしてはっと我に返った時には、すでに全体の半分が消えていた。

「………」

見なかったことにして、そっと扉を閉める。

探検隊は解散して、厨房からの脱出を図った。ドアの向こうに誰もいないことを確認して二階まで上ると、ほっと息をついた。

ポケットからビスケットを取り出してぽりぽりと齧《かじ》りながら、階段の手すりから身を乗り出す。一階の玄関ホールに繋がる大階段の手すりは重厚な貫禄のマホガニーで、細かな彫刻があちこちに施《ほどこ》されており、アオの手によって常につやつやのつるつるに磨き上げられている。建築愛好家なら見とれてしまうかもしれない見事な曲線を描くそれは、ヒマワリにとっては最高の滑り台であった。

ビスケットを平らげてしまうと、ヒマワリはひょいと身を躍《おど》らせ、手すりを跨《また》いだ。

そのまま勢いをつけ、躊躇《ためら》うことなく一気に滑り降りる。

頰を紅潮させ、思わず歓声を上げた。

金の髪をなびかせながら緩い曲がり角に差し掛かると、身体《からだ》を傾けてうまく重心を取る。ぐんぐんと一階が近づいてくる。着地は華々しく決めてやろうと、ヒマワリは身を乗り出した。

手すりの先がすぐそこに迫った、その瞬間。

眼前に、忽然《こつぜん》と人影が現れた。

「――わぁ!?」

「え?」

人影はきょとんとこちらを振り向いたが、避けることはできなかった。ヒマワリは勢いそのままに滑り切って空中に飛び出し、容赦《ようしゃ》なくその人物に激突してしまう。

二人は折り重なるように、音を立てて倒れこんだ。

床の上に転がったヒマワリは、自分が滑り落りてきた手すりと階段が逆さまに目に映るのを、ぼんやりと眺めた。

やがて、手をついてゆっくりと上体を起こす。衝撃で、ちょっとくらくらした。

「うー……」

邪魔をしたのは誰だ、とヒマワリは少し不機嫌だった。二回転して着地できたら新記録だったのに。

起き上がって頭を摩《さす》りながら、自分がその相手をすっかり下敷きにしていたことに気がついた。

仰向けに倒れているその人は、アオでもクロでもない。

見たこともない青年が、苦しそうに呻《うめ》いている。

ヒマワリは目を丸くした。

「………だれ？」

「なんの音ですか!?」

髪を濡らしたまま薄着のアオがタオル片手にばたばたと駆けてきて、転がっているヒマワリたちの姿に驚き足を止めた。

「これは……」

「あのねアオ、いきなりこの人が――」

言いかけた時、青年が頭を抱えながらむくりと起き上がった。おもむろに、ヒマワリの肩をがしっと両手で摑《つか》む。

「ヒマワリ！　お前～！　危ないから手すりを滑るのは禁止だって、言っただろうが！」

見知らぬ人物に名前を呼ばれ、さらには叱責《しっせき》されたヒマワリは、思わず固まってしまった。

怖くなり、ぱっとその手を振り払ってアオにしがみつく。

しかしアオは、親し気に青年に話しかけた。

「おや、ミライさん。来てたんですか」

ミルクティーのような薄い茶色の髪に、柔らかな茶色の目を持つ青年は、クロやアオより少し年下くらいに見えた。痛そうに顔をしかめ、首を摩りながら立ち上がる。

「知ってる人なの？」

ヒマワリが疑わしそうに尋《たず》ねる。

「ああ、ヒマワリさんは初めて会うんでしたね。こちらはミライさん。時々未来からいらっしゃる、未来人です」

ヒマワリはぽかんとした。

アオのあっけらかんとした説明が、まったく頭に入ってこない。

「……未来人？　ミライ？？」

すると、当のミライ青年は怪訝《けげん》そうな表情を浮かべた。

「初めて会う？　今日が？　え、そうなの？」

「はい。ヒマワリさんがこの島へやってきてからの数か月、ミライさんはお見かけしませんでしたからね」

するとミライは、じろじろとヒマワリを眺めまわした。

「へーえ、じゃあこれがヒマワリとの初対面記念日ってことかぁ。俺は先週も会ってるから、変な感じ」

「？？？」

ヒマワリは首を捻《ひね》る。

どんなに思い返しても、先週彼に会った覚えなどない。

困惑するヒマワリにはおかまいなしに、ミライはアオににじり寄った。

「おい、アオ。ヒマワリが階段の手すりで滑って遊んでんだよ。ぶつかってひっくり返ったぞ。危ないから、やめさせろ。この先も絶対やるからな、俺が見ただけでもあと二回はやる。その度に注意してんのに、こいつ……いや、つまりあれは今より先の出来事だから、今日の時点では俺の注意はまだ聞いてなかったわけだが……ああややこしい！　とにかく、ちゃんと叱《しか》っておけ！」

「おお、それは危険です。二人とも、怪我はありませんか？」

「ちょっと痛いけど、まぁ大丈夫そう。ヒマワリは？」

「え、えーと、平気」

「ヒマワリさん、階段の手すりを滑って遊んではいけません。遊び場ではないですよ。今回は二人とも無事でしたが、大怪我に繋がることもあります。首の骨を折って死んでしまうかもしれません」

拗《す》ねたようにヒマワリが唇を尖《とが》らせると、アオはこれではいけない、と思ったのか少ししかめ面《つら》を作ってみせた。

「ヒマワリさん、約束を。もうやらない、と約束してください」

「……はぁい」

「それと、ミライさんに言うことがあるのではありませんか？」

促《うなが》され、ヒマワリはおずおずと小声で、「ごめんなさい」と謝った。

ミライは怒っているわけではなさそうで、「おう、怪我なくてよかったな」とヒマワリの頭をわしゃりと撫《な》でた。

「そろそろお茶の時間にしようと思っていたんです。ミライさんもどうですか？」

「腹減ってるから、軽く食べる物ある？」

「では、サンドイッチでも作りましょう」

「その前に髪乾かせよ」

「おっと、失礼しました」

アオは忘れていた、というように濡れた髪の水分をタオルで拭き取り始める。慣れた様子で連れ立っていく二人の後に続きながら、ヒマワリはこの新たに登場した人物をよくよく観察しようと見上げた。

（未来から来た？　この人が？）

するとその視線に気づいたのか、ミライがぱっと肩越しに振り返った。

目が合って、ヒマワリはびくりとする。

ミライはいたずらっぽく笑いかけた。

「そう警戒するなよ、ヒマワリ。お前はまだ知らないだろうけど、もう長い付き合いなんだぜ、俺たち。——あー、つまり、お前からしたらこれから、長い付き合いになるってこと！」


天気がいいから、と庭先にテーブルを用意したアオが、真っ白なクロスを敷いて食器を並べていく。

椅子に座って足をぷらぷらさせていたヒマワリは、向かいに座ったミライを興味津々《しんしん》に眺めていた。

ミライは居間に置いてあった新聞を持ってきて、気軽な調子で読み始めた。ひどく慣れた様子で、ここへ何度も来ているというのも本当かもしれなかった。

「ねぇ、本当に、未来から来たの？」

「そうだよー」

なんだかひどく適当な返事である。

胡散《うさん》臭そうに見つめるヒマワリに気づいたのか、ミライは新聞から視線を外してこちらを向くと、口の端をにいと上げた。

「初対面らしいから、改めて自己紹介するか。俺は未来でこの城に住んでる、未来人だ。ここではミライって呼ばれてる。もちろん、本名じゃないぞ。シロガネが、未来から来たならミライだ、って呼び始めただけ」

「じゃあ、本当はなんていう名前なの？」

「秘密でーす」

ミライはにっこりと笑みを浮かべる。

「未来から来るって、どうやって？　そんな魔法があるの？」

「いいや、これは魔法じゃない。俺は魔法使いの血なんて引いてないよ。――うちの家系は代々、タイムトラベラーの遺伝子を受け継いでるんだ」

「いでんし……？」

聞いたことのない単語である。

「そっか、遺伝子の概念はこの時代にはまだないよな……。ええと、つまり、魔法使いはその血によって力を受け継ぐだろ？　それと同じで、俺も血によって時を越える力を受け継いでるんだ。俺の場合、自分の意志とは関係なく、ふとした瞬間何かに引っ張られるようにして過去に遡《さかのぼ》ってしまう。残念ながらいつの時代に飛ぶのかは、自分では選べない。ただ、滞在時間は六時間と決まっていて、時間が経つと勝手に未来へ身体が引き戻される。今日は二階に上ろうとした途端に突然ここに飛ばされて、しかもお前が突っ込んでくるんだもんな～。ついてないわ」

「ミライさんは、こうして時々いらっしゃるんですよ。ヒマワリさんがここへ来てからは、初めてですね」

そう言いながら、アオはミライには紅茶とサンドイッチを、ヒマワリにはジュースと苺《いちご》のケーキを運んでくる。

ミライは礼を言って、早速カップに口をつけた。

「俺はもう、何度もお前に会ってるんだけどなぁ。——えーと、つまり、今より少し先の、未来のお前と」

ケーキを食べ始めていたヒマワリはひくんとわずかに喉《のど》をならし、クリームを口の周りにつけたまま身を乗り出した。

「何度も？」

「うん」

「じゃあ未来の僕も、ここにいるの？　ずっと？」

期待を込めた声は自然と弾んだ。

しかしミライは、にやりと意地悪く笑う。

「さー、どうかなぁ」

「ねぇ、未来のこと教えて！　僕、大きくなったらどんな感じ？」

「それは、教えられない」

なんで、とヒマワリは駄々をこねる。

「やっぱり未来から来たなんて、本当は嘘《うそ》なんだ！」

ミライはサンドイッチに齧《かじ》り付きながら、肩を竦《すく》めた。

「あのなぁ、未来のことを俺が誰かに喋《しゃべ》ったら、未来が変わっちゃうかもしれないだろ？　口にした瞬間、もしかしたら俺の存在自体がぱっと消えるかもしれない。そんなのはごめんだから、俺は一切、未来については語らないことにしてる」

「さっき、僕が手すりでまた遊ぶって、未来のこと話してたよ」

「それは間違いなく変わったほうがいい未来だ」

「なんかずるーい」

「何事も状況と必要性に応じて、臨機応変に判断するもんさ」

「じゃあ、どれくらい未来から来たの？　百年後？　二百年後？」

「だめでーす、なにも答えませーん」

「ええー」

「シロガネも最初の頃はミライさんに、よくあれこれ尋《たず》ねてましたよね。でもミライさん、絶対答えないんです。なんとか聞き出そうとしてシロガネもあの手この手を使ってましたが、徹底して口を開かないので、さすがにシロガネも最後は諦《あきら》めてました」

（あの手この手で聞き出そうと……）

ふと思い浮かべたのは、地下の拷問部屋だ。

もしかしたらシロガネは、あそこでミライに恐ろしい責め苦を与えて、口を割らせようとしたのだろうか。

ヒマワリは若干《じゃっかん》の憐《あわ》れみと同情の目をミライに向けた。

「シロガネにとっては、俺も研究対象のうちだったからなぁ。初めて会った頃なんて目の色変えて近寄ってくるんだもん、なかなか怖かったよ」

「……どの道具だったの？」

こそっと小声で尋ねる。

「ん？　道具？」

「串刺しのやつ？」

「何て？」

そこへ突然、クロの声が響いた。

「ヒマワリ！」

ヒマワリははっとした。

これは明らかに、怒っている声だ。

「ヒマワリ、どこだ！」

足音と声が、どんどん近づいてくる。

ヒマワリは慌《あわ》てて椅子から飛び降りると、身を隠す場所を探した。

「ヒマワリ！」

庭に飛び出してきたクロは、庭先でティータイム中のアオとミライの姿を捉《とら》え立ち止まった。

「やっほー、クロ」

ミライがにこやかに手を振る。

「来てたのか、ミライ」

「うん、ついさっき」

クロはつかつかと近づいていって、アオの前で仁王《におう》立ちになる。

「……それで隠れたつもりか、ヒマワリ？」

アオの背後に回り、彼のシャツに頭を突っ込んでいるヒマワリに、クロは冷ややかな声をかけた。

頭だけはシャツに隠れているが、あとは丸見えである。

「クロさん、どうしたんですか？」

「取っておいた俺のゼリーが、明らかに減っている。――犯人はお前だな？」

引っ張り出そうと手をかけるクロから逃れようと、ヒマワリはアオの腰に必死にしがみついた。

「うにゃぁ～」

「観念しろ！」

二人の攻防の間に挟まれたアオは、クロをまぁまぁと制した。

「クロさん、落ち着いて。また作りますから」

「お前がそうやって甘やかすから、こいつがまったく反省しないんだ！」

アオを盾《たて》に逃げまわるヒマワリと、それをイライラと追いかけるクロ。その様子を眺めていたミライが、天を仰いでけらけらと笑い声を上げた。

「冷蔵庫のプリンを食べた食べないで喧嘩《けんか》する兄弟かよ！　いつの時代も変わらない、普《ふ》遍《へん》的な光景だな」

「クロさん、ひとまず残っている分で我慢してください。ね？　ヒマワリさん、ほら、ちゃんと謝って」

のろのろとアオの背から顔を出したヒマワリは、

「だって、クロ、分けてって言ってもくれないんだもん」

と唇を尖らせる。

「あれは俺専用だ！　二度と手を出すな！　呪うぞ！」

「うわーん！」

泣き出したヒマワリに、アオがおろおろとする。

「クロさん！　大人げないですよ！」

クロは頭を掻《か》きむしる。

「ミライ、なんとか言ってくれ！　アオのやつ、いつもヒマワリの肩ばっかりもちやがって！」

「確実にクロが大人げないでしょ。いくつだよ。二百歳だっけ？」

「竜の世界じゃ二百歳なんて、まだまだ若いんだよ！」

そう吐き捨てると、どすんと椅子に腰を下ろす。

アオが皿に盛ってきた残りのゼリーを食べながら、それからクロは一切ヒマワリを見ようとしなかった。

一方のヒマワリは、涙目でケーキを頬張りながら俯《うつむ》いている。

険悪な雰囲気に、アオが困ったようにおろおろとしていた。

見かねたように、食事を終えたミライがヒマワリに声をかける。

「ヒマワリ、食べ終わったらゲームでもしようぜ」

「ゲーム？」

「何にするかー。チェス？　バックギャモン？」

「……やったことない」

「あれ、そうなの？　この間なんて俺、お前に負かされたんだけどな。……つまり、何か。俺が今からお前に教えてやるってことか？　はぁーん」

ぶつぶつ言いながら、まぁいいか、と立ち上がる。

ヒマワリはその場にいるのも気まずいので、黙ってミライについていった。ちらと振り返っても、クロはつんと顔を背けてこちらを気にする様子もない。

ミライは勝手知ったる様子でどこからか白黒の盤面と駒《こま》を持ってくると、それを居間のテーブルに広げてチェスのルールを説明してくれた。最初は落ち込んであまり乗り気ではなかったヒマワリだったが、だんだんと勝負の面白さがわかってくると、いつの間にかのめりこんでしまった。

「ほい、チェックメイト！」

「ああー！」

負けると悔しくて、ヒマワリは地団太《じだんだ》を踏んだ。

「もう一回！　もう一回！」

「いや、もう今日は終わりにしようぜ。何回目だよ……」

「やだ！」

「次会う時まで、よく練習しておくんだな」

ちらりと時計を確認する。

「未来に戻るまで、あと一時間ってとこか。ちょっと外、散歩してくる」

「僕も行く！」

不機嫌なクロとまだ顔を合わせたくなかったので、ヒマワリはミライにくっついていくことにした。それに、もしかしたらミライが未来へと戻る瞬間が見られるかもしれない。

玄関を出ると、ミライは慣れた足取りで丘へと向かった。

はぐれないようヒマワリが反射的に手を摑むと、ミライは何も言わずにそのまま握り返してくれた。

「ねぇ、こうしてたら、僕も一緒に未来に飛んでいける？」

「それはない。俺以外のものは人であれ物質であれ、時を越えることはできない。例外は、俺が未来から持ってきたものだけだ。例えば、今着ているこの服とかな」

改めて見ると、ミライが着ている服は、ヒマワリたちが纏《まと》っているものとは随分《ずいぶん》と異質なものに思えた。上はベージュ色の着心地のよさそうな柔らかい生地でできていて、チュニックともシャツとも言い難い風情のゆったりとしたシルエットだ。下は黒のズボンだがこちらも見たことのない質感で、硬そうでいながらしなやかに見える。特に不思議なのは靴で、革のようにも見えるが驚くほど真っ白だし、靴底は弾力がありそうだった。

「ねぇ、ミライ。これ何でできてるの？」

服を引っ張りながら尋ねると、ミライは肩を竦めた。

「この時代にはまだない素材だな。それ以上は言えない」

徹底して、未来の情報は漏らさないつもりらしい。

「じゃあ、過去のことなら聞いていい？」

「過去？」

「ミライは、シロガネとも何度も会ったの？」

「そりゃあ、今よりもさらに過去に行ったことあるからな。俺は時を遡ることはできるけど、場所を移動することはないんだ。つまりこの島にいる以上は、過去のこの島に必ず辿《たど》り着く。ここで出会う人間なんて、限られるだろ」

話を聞きながら、ヒマワリはわずかな希望と落胆《らくたん》を抱えた。

彼が本当に時間を越えられる未来人で、これから何度もここで出会うというのが本当ならば、自分はこれからも長い間、この島で暮らしていくということではないのか。

もしかしたら、ずっと。

（そうだったら、いいのに……）

「あのね、シロガネって、どんな人だった？」

ミライは不思議そうに足を止める。

「なんでそんなことを聞く？」

「だって、クロもアオも、いつもシロガネのこと話してる。向こうにお墓があるのに、生きてる人みたいに話すんだよ。でも、死んでるんでしょう?」

「ああ、シロガネは死んだよ」

二人はゆっくり、丘を登っていく。そこからは、あの白い墓石が見えた。

「俺は臨終の場には居合わせなかったけど、墓に埋葬するところは立ち会ったからな。大魔法使いシロガネは、確かに死んでる」

「二人とも、いつかシロガネは戻ってくるんだって言ってるけど、そんなこと本当にできるのかな? ミライは未来で、戻ってきたシロガネに会えた?」

「だから、未来のことは言わないって」

「会ってないでしょ? ねえ、戻ってこないよね?」

不安そうに尋ねるヒマワリに、ミライはくすりと笑った。

「まるで、戻ってきてほしくないみたいな言い方だな」

ヒマワリは俯く。

「なんで? シロガネが戻ってきたら嫌か?」

そう尋ねるミライの口調は、決してヒマワリを非難するものではなかった。むしろどこか優しげで、ヒマワリは素直な言葉を口にする。

「……やだ」

ぼそりと答え、視線を落とした。

（だってシロガネが戻ってきたら、きっとクロもアオも、シロガネのことが一番になるに決まってる……）

そうしたら、ヒマワリのことなどどうでもよくなってしまうだろう。

自分にとって、ここが唯一の居場所なのに。

シロガネが戻ってきたら、全部奪われてしまう。ここを追い出されてしまうかもしれない。

「へーえ。なるほどねぇ」

ミライが感心したように呟《つぶや》いた。

「ヒマワリは、クロとアオのことが好きなんだな」

「うん！」

間髪《かんはつ》容《い》れずに答えるヒマワリに、ミライは噴き出す。

「そっかー。そうだよなぁ」

そう言ってヒマワリの頭をわしゃわしゃと撫でると、ふらふらと先を歩いて行ってしまう。

ヒマワリはわけがわからず、早足で彼を追いかけた。

海を眺めながら、ミライはいつか会ったシロガネのことを思い出していた。

あれは、シロガネが息を引き取る、二日前のことだ。

過去へ飛ぶ際、どの時代に戻るかは選べない。しかしミライが旅する先は不思議と、シロガネの生きた前後の時代がほとんどだった。ただし時系列はばらばらで、ある時はヒマワリがいる時代、ある時はシロガネがこの島へ来たばかりの頃、と行ったり来たりする。

いつものように突然過去に引きずり込まれたミライは、見たこともないほど暗い顔をしたクロとアオの様子から、シロガネがもう長くないことを悟った。

前回ここへ来た時は、シロガネはまだいたって元気な時分であったから、今日唐突にシロガネが危篤《きとく》だと言われるとひどく不思議な気分になる。

タイムトラベルをしていると、いつもこんなふうだった。長い付き合いではあっても、自分だけはどこか、蚊帳《かや》の外にいる感覚に陥《おちい》ってしまう。

そっと寝室を訪ねると、大きなベッドに沈み込むように、シロガネが力なく横たわっていた。

「やぁ、シロガネ」

声をかけると、ああ、と淡く吐息のような声を出して、シロガネが視線だけこちらに向けた。

「ミライ……」

「気分はどう？」

「今日は、いいほうかな」

そう言うシロガネは、明らかに以前よりやつれ、痩《や》せていた。

それでも不老の魔法によって、その姿は実年齢とは程遠い若者のままである。出会って以来、彼の月光のように麗《うるわ》しい風貌《ふうぼう》はまったく変わっていない。

「来てくれてよかった、ミライ。死ぬ前に、もう一度会いたいと思ってたんだ」

「俺も、今日来れてよかったよ」

「でも君はきっと、また来月にでも僕に会うんだろ？　今よりも過去に遡って、昔の僕に」

ミライは肩を竦めてみせる。

「多分ね。いつどこに遡るかは選べないから、確実じゃないけど、まぁきっと会うんじゃない？」

ふふ、とシロガネは微笑む。

「なんだか、いいな。それって、終わりのない、永遠の時を生きるみたいだね」

「永遠か。言い得て妙だな」

「僕も、また会いたいな、みんなに……」

疲れたように、シロガネは瞼《まぶた》を閉じる。

「アオと、クロに……また会いたい。もっと一緒にいたかった……もっと……」

ミライは首を傾《かし》げる。

「魔法の力で、なんとかならないもんなのか？　それこそ不老不死は結局、不可能ってことか？」

大魔法使いシロガネは、不老不死を得た。

世間ではそう言われているが、目の前の男は明らかに死にかけている。不老は叶っても、不死には至らなかったらしい。

シロガネは悲しそうな、淡い笑みを浮かべる。

「魔法でなんでもできたら、いいんだけどね……。魔法は決して、万能なわけじゃない。特に、命に関しての魔法は」

その笑顔が今にも吹き飛びそうな儚《はかな》さで、ミライはなんとも言えない気分になった。命が消えかかっている者特有の気配が、明らかにそこにはあった。

（本当に、死ぬんだな――）

確かに、ミライはまたシロガネには会えるかもしれない。しかし、死を前にしたシロガネに会うのは、きっとこれが最後だ。

ふっと、息をつく。

「……死ぬ人間にならいいか」

小さく呟いた。

「え？」

「今のお前に話したところで、未来が変わることはまずないだろ」

シロガネは不思議そうに、ミライを見上げた。

「ミライ？」

「知りたがってただろ、未来のこと」

シロガネの菫《すみれ》色の瞳が、はっと見開かれる。

これまでどんなに懇願《こんがん》されても脅迫《きょうはく》されてもなだめすかされても、決してミライは未来のことを語ろうとはしなかった。

未来のことは、決して口にしない。それがミライの流儀だったし、これまでずっと突き通してきた姿勢だ。

その信念を今、曲げようとしている。そのことにシロガネも気づいたのだろう。

ミライはそっと屈みこみ、シロガネの耳元に顔を寄せた。

そして、声を潜める。

「──お前、また会えるぜ。あいつらに」

ミライは知っている。

いずれこの島には、記憶を失った金の髪の少年がやってくる。

そして、その少年が、何者であるのかを。

魔法は、万能ではないという。ならばあの少年が存在する未来は、ひたすらにただ、願いが生んだ奇跡なのだろうか。

沈んでいたシロガネの瞳に、じわりと小さな光が浮かんだ。

死の色を映したまま、最後に閃《ひらめ》いた星の煌めきのようなその輝きは、彼の抱いた希望であったかもしれない。

ミライはいつもの調子で、悪戯《いたずら》っぽく微笑みかける。

「俺はもう、結構何度も会ってるよ、未来のシロガネに。生まれ変わってもお前は相変わらず好き勝手してて、クロはよく怒ってるし、アオは甲斐甲斐《かいがい》しく面倒見てる」

「……そう……」

シロガネが、ほうっと息をつく。薄くなった胸が、わずかに上下した。

「会えるんだね、また……」

削げた頬を、透明で儚い涙が一筋伝った。

シロガネが泣くのを見るのは、初めてかもしれない。

記憶の中の彼は、いつだって笑顔だった。

（いや、違う。あの時は笑ってなかった）

シロガネが初めて、ミライに会った日。

未来から時を越えてきたと説明するミライに、シロガネは恐ろしいほど思いつめた形相で摑みかかった。

――僕を、過去に連れていくことはできる？

ミライにはほかの誰かを一緒に過去へ運ぶ力はないし、そもそも自分の意志で行き先を決めることもできない。

そう説明すると、シロガネはひどく落胆したようだった。

過去に戻れたとしてどうするのかと尋ねると、彼は答えた。

――ずっと、後悔している一日があるんだ。

それからシロガネは、時を越える魔法を編み出そうと必死になっていたし、そのためにミライは研究に使いたいと求められて、自分の血まで分けてやった。

だが結局、その魔法は実現しなかったようだし、いつの頃からかシロガネは時を遡ることを望まなくなったようだった。

それは多分、アオとクロと、三人での暮らしがすっかり馴染《なじ》んだ頃のことだったように思う。

「お前は、本当にあいつらが好きなんだなぁ」

ミライが嘆息すると、シロガネは何を当たり前のこと、というようににっこり笑った。

「大好きだよ。僕の大事な家族だ」

それに、と細い手をゆるゆると伸ばし、ミライの手を握る。

「ミライのことも大好きだよ。君に会えて、よかった」

こんなふうに臆面もなく好きだと言われると、ちょっと照れる。

それでも、そんな態度がこの男には似合うのだった。

「そうだな。俺も、ここに来れて、皆に出会えてよかった。——俺も、向こうじゃ一人なんで」

未来でこの城にいる自分は、孤独だ。

この広い城に、小さな島に、まるで閉じ込められるように暮らしている。だからこの時間旅行は、彼にとって唯一の自由への扉でもあった。

どうしてなのだろう、とは思う。

自分が過去へ飛ばされる度、シロガネにまつわる時代ばかりにやってくるのは。

ミライの一族は代々この力を受け継いできた。だが、こんなふうに一定の時代に限定されたタイムトラベルをする者は、かつていなかったという。

（まるで、呼ばれているみたいだ）

それは、なんのためだろう。

二人はそれからしばし、最後の会話を交わした。

やがて、疲れたようにシロガネが言った。

「――ミライ、二人を呼んでくれる？　最後に話がしたいんだ。きっと、終わりはもうすぐだと思うから……」

「わかった。呼んでくる」

部屋を出ようとした時、シロガネの声が聞こえた。

「ありがとう、ミライ。ありがとう……」

ミライは振り向かず、軽く手を振った。

それが、シロガネとの別れだった。

シロガネが呼んでいると伝えると、アオとクロは慌てて彼の寝室へと駆けていった。

彼らの姿を見送って、ミライはその場を立ち去った。

「戻ってくるよ」

半分開いたままの、寝室のドア。その向こうでシロガネが二人に語る声を、ミライは聞いた。

「……必ず、戻ってくるから」


散歩を終えた二人が城に戻ると、アオがヒマワリを呼んだ。

「ヒマワリさん、ちょっと厨房へ来てください」

ヒマワリはぎくりとした。ビスケットを一枚食べたこともばれたのだろうか。

恐る恐る厨房へ下りていくと、そこにはクロがいて、シャツの袖《そで》をまくり上げている。

「ヒマワリ、さっさと準備しろ」

「……準備？」

もう、怒ってはいないのだろうか。

「ゼリーを作るんですよ」

そう言ってアオが、ヒマワリにエプロンを着せてくれる。

「え？」

ぶっきらぼうに、クロがボウルをこちらに押し出した。

「二人分のゼリー作るんだよ。お前はこれ混ぜろ。俺は果物を切る」

「喧嘩しないように、たくさん作りましょうね」

ヒマワリはびっくりして、クロを見上げた。

少しばつの悪そうな顔をしているが、怒っていないとわかる。

思わず、ぱっとクロに抱きついた。

「なんだよ」

「あのね、勝手に食べてごめん」

「……今度からは、二等分にしてやる」

そんな二人を、アオが感動したように拳《こぶし》を握りしめて見つめている。

「ああ、なんて尊い和解でしょう！　ねぇミライさん？」

「完全に小学生の仲直りだな……」

「？　小学生、とは？」

「いや、なんでもない」

するとヒマワリは、クロの腰に埋めていた顔をくいっと上げた。

「でも僕、今プリンが食べたいな」

「おい、クソガキ」

ぴきっと引きつったクロに、ヒマワリは笑い声を上げた。

「嘘だよ！　ゼリーがいい！」

「プリン食ってろ！」

「ゼリー作る！　食べきれないくらいの大きなやつ！」

「はい、じゃあお湯を沸かしましょう」

「ミライも一緒に作ろうよ！」

「いや、俺はそろそろ、時間切れ——」

そう言いかけたミライの姿が、ぐにゃりと歪《ゆが》む。

「え……」

驚くヒマワリの前で、ミライの姿は空間に溶け込むように、ふいに掻き消えてしまった。

「ミライ!?」

「未来に戻られたんですよ。いつも結構唐突です」

慣れた様子で、アオが言った。

「……また会える？」

「会えると思いますよ。ミライさんが言っていたじゃないですか。ヒマワリさんとは何度も会っていて、長い付き合いだと」

「うん……」

突然消えてしまうのは、なんだか寂しい。

さっきまでそこにあったミライの気配が、ぽっかり穴のようにその場に沈んでいる。

（次に会うまでに、チェスの練習しておこう）

そこからは、三人ともゼリー作りに精を出した。

とにかく大きくしたいというヒマワリの要望に、クグロフ型より大きな型がないと言ってアオが持ってきたのは、未使用のバケツであった。そこに苺、ブルーベリー、葡萄《ぶどう》にオレンジなどの切った果物と、ゼラチン、砂糖、果汁を沸騰《ふっとう》した水に溶かしたものを入れ、冷蔵用の保存庫で固まるのを待つ。

しばらく経ってバケツを取り出すと、ヒマワリは目を輝かせて覗き込んだ。

「固まってる！」

「そーっと出すぞ、そーっと」

湯煎《ゆせん》したバケツを逆さにし、つるりと綺麗《きれい》に取り出すことに成功すると、三人は揃《そろ》って歓声を上げた。

「よし、あとはこれを二等分に切れば平等だ。文句ないな?」

「僕切る!」

「だめだ、俺がやる」

「僕がやりたい」

「絶っ対真っ直ぐ切れないだろ、お前」

「ヒマワリさん、包丁は危ないですから、今回はクロさんに切ってもらいましょう」

ヒマワリはちょっと不服だったがまた揉めるのは嫌だと思い、ここはおとなしく引き下がることにした。そんな自分は、少し成長したと思う。

包丁を手にしたクロは、ゼリーの上で慎重に切っ先を当てる位置と角度を調整している。

「おい、今、絶対触るなよ」

「早くー」

「押したりすんなよ。曲がったら困る——」

途端にどんと背中を押されたクロの手は、ゼリーに斜めに突っ込んだ。

息を呑《の》んだクロは、無言で手元を見下ろす。

包丁の切っ先は、等分とはほど遠い位置にめり込んでいる。

ゆらり、と背後を振り返った。

クロの背を押したアオは、何食わぬ顔をして立っていた。

「アオ……お前」

恨めし気に睨《にら》みつけるクロに、アオは首を傾げる。

「え？　押すなと言ったら、押すのが人間なのですよね？　どうです、人間っぽいです？」

四　魔法使いの弟子

「ヒマワリ、残さず食べろ」

夕食に出された豚肉の脂身《あぶらみ》をちまちまとナイフで切っては端に寄せていたヒマワリは、クロに指摘され顔をしかめた。

「脂身嫌い」

「何～？　そこが美味《うま》いのに」

「気持ち悪いよ。ぶにぶにしてて」

給仕をしていたアオが、少し困ったように考え込んだ。

「うーん、やはりだめですか。先日も牛肉の脂身を残していましたし、鶏肉《とり》の皮も食べられませんでしたからねぇ。今度からヒマワリさんの分は、すべて赤身のお肉を用意しましょう」

「甘やかしすぎだろ」

「シロガネも脂身は苦手でしたからね」

「そうだったか？」

「ええ。最初に出会った頃、食事を用意する時にシロガネに言われたんですよ。脂身は絶対食べないから出すなと。だから、シロガネのお肉だけはいつも脂身のないものを用意してたんです。ヒマワリさんの分も同じようにしましょう。大した手間ではないですよ」

シロガネと同じだ、というのはなんだか癪《しゃく》ではあったが、ヒマワリはアオの提案をありがたく思った。この脂の塊《かたまり》を口に入れることは、何をどうしても躊躇《ためら》われる。

「それとな、お前は一口あたりを大きく切り過ぎなんだよ。だからそうやって口の周りがべっとべとになる。もっと小さく切って口に運べ」

肉の切り方まで口出ししてくるクロに顔をしかめながら、ヒマワリは口の周りをナプキンで拭《ぬぐ》った。確かに、べとべとである。

「こうやって、食べるぶんだけ一口ずつ切る。まとめて切ると旨味《うまみ》のある肉汁が出ていくし、冷めやすくなるからな。ナイフの持ち方、この間も教えただろうが。こうだ、こう！」

以前から感じていたが、クロはやたらとテーブルマナーにうるさい。

言うだけあって、クロの食べ方はとても綺麗《きれい》だと思う。肉を切るナイフの角度、スープをすくい口へ運ぶ流れる仕草、計算されたようなワイングラスの傾け具合……食べ終わった後の器《うつわ》まで、すっきり美しい。

「今更ですが、クロさんはどこかでテーブルマナーを習ったんですか？　詳しいですし、所作も慣れていますよね」

感心してアオが尋《たず》ねる。

「昔、人間の貴族の家で暮らしてたからな。一通り仕込まれた」

クロが自分の昔話をするのは珍しい。ヒマワリは詳しく聞きたいと思い、身を乗り出した。

その時、アオが「あ」と声を上げた。

「クロさん、来客です」

「ちっ、食事中に来るんじゃねーよ」

不愉快そうに吐き捨てて、クロは眉を寄せた。

「もう夜だぞ。訪問マナーもなってねぇな」

クロは最後の肉を優雅な手つきで口に運ぶと、ワインも一気に飲みほした。そしてあくまで優々たる所作でナプキンを手に取り口を拭うと、億劫《おっくう》そうに席を立つ。

出て行くクロを目で追いかけながら、ヒマワリも慌《あわ》てて食事を平らげ、「ごちそうさま！」と椅子《いす》から飛び降りた。

急いで後を追うと、夜の砂浜を見下ろすいつもの崖の上に、クロのほっそりとした後ろ姿が浮かんでいた。

ヒマワリは気づかれないよう、林の陰《かげ》から様子を窺《うかが》う。島にやってくる人間をこっそり観察するのが、ヒマワリの楽しみのひとつなのだ。

今日は一体、どんな来客だろう。

「あなたがシロガネ様ですか!?」

「魔法使いは留守にしております」

　クロはいつも通り、冷たい口調で返した。

「お帰りください」

「ま、待ってください！」

　クロは引き留める声を無視して、さっさと戻ろうと身を翻《ひるがえ》す。木の陰から身を乗り出していたヒマワリに気づくと、顔をしかめた。

「おい、中入ってろ」

「ちょっと見るだけ、ちょっとだけ！」

　小声でそう言って、ヒマワリは自分の姿が相手から見えないよう屈みこみながら、そっと崖の下を覗《のぞ》き込んだ。

　月明かりに照らされて砂浜にぽつんと立っているのは、十代半ばの黒髪の少年だ。大きな眼鏡をかけた彼は、必死になって叫んでいた。

「僕、モチヅキといいます！　大魔法使いシロガネ様の、弟子になりたくてやってまいりました！」

　クロもヒマワリも、一瞬ぽかんとした。

「……は？」

「お願いです、どうかシロガネ様に会わせてください！」

苛立《いらだ》ったように、クロが再び返答する。

「ですから、留守にしております」

「お戻りはいつですか!?　僕、待ちます！　いつまでも、待ちますから！」

モチヅキ少年は必死な様子で、崖を上がる階段に足をかけた。

この階段には魔法がかけられている。上ろうと思ってもすぐに砂となって崩れ落ちてしまう、侵入者除けの魔法である。

だから彼もまた、その階段を上ることはできない――はずだった。

しかし、クロとヒマワリは目を疑った。

少年はそのまま、勢いよく階段を駆け上がってきたのである。

「はぁ……!?」

ぎょっとしてクロが叫んだ。

「なんで魔法が発動しないんだよ!?」

ヒマワリはこの島へ来てからすぐ、アオに言われてある水盤に湛《たた》えられた水に自分の血を一滴浸した。その水盤は島を守る魔法の源《みなもと》になっていて、水が認識した血を持つ者だけは、この魔法の対象外となるという。現在、アオ、クロ、ヒマワリだけはこの階段を安全に上り下りできるが、それ以外の者はすべて、排除の対象として魔法が発動するようになっているのだ。

ちなみに、アオに血は流れていないはずなので疑問に思って尋ねてみると、

「シロガネがこの魔法を島全体にかける時、俺は最初から対象から外れるようにしてくれました。この水盤は、後から誰かを追加したい時のために用意されたんです」

だそうである。

ところがこの少年はその魔法を掻《か》いくぐって、何の気負いもなく階段を上ってきていた。自分の身体《からだ》よりも大きな荷物を背負っているので、ふうふうと息が上がっている。

この崖にはそれ以外にも、幻覚を見せて惑わせる魔法もかかっているはずだった。しかしこれもまたモチヅキはまったく意に介する様子も見せず、ついに崖の上まで到達してしまった。

「はぁ、はぁ……結構、急な、階段、ですね……げほげほっ」

息を切らし汗を拭いながら、背負っていた荷物をどさりと下ろす。

「お願いです。シロガネ様が戻られるまで、ここで待たせていただけませんか。そのへんで野宿でもなんでもします。……いや、でも可能でしたら納屋でもなんでも結構ですので、

雨風のしのげる場所を貸していただけると、そのー、嬉《うれ》しかったり……」

えへへ、と遠慮がちに笑う。

しかしクロは、容赦《ようしゃ》なく動いた。

ぱっとモチヅキの腕を取ると、一気に捻《ひね》り上げる。彼が悲鳴を上げた瞬間、その首筋に手刀を喰《く》らわせた。

気を失って崩れ落ちた少年を見下ろし、クロは表情を曇《くも》らせた。

「くそっ、厄介《やっかい》なやつが来やがった」


「弟子入り志願、ですかぁ」

意識を失った少年を興味深そうに見下ろし、アオが言った。

城まで運び込まれた少年は、こてんと床に横たわっている。

「気をつけろよ。シロガネのかけた魔法、全部突破してきたやつだ。侮《あなど》れねぇ」

「ということは、この子も魔法使いなんですね」

クロが少年の荷物を開けて探り始めたので、ヒマワリも横から覗き込む。

「おかしなものは持ってなさそうだな……着替え、食料、本……ていうかほとんど本じゃねーか。どうりでくそ重いと思った。全部魔法書だな」

ヒマワリは興味津々《しんしん》に、詰め込まれていた魔法書のひとつを手に取った。この城では見たことのない、真新しい装丁である。シロガネが本を収集していたのは彼が生きていた十年以上前のことだから、この島には最近の魔法書がないのだ。

「ねぇ、この人どうするの？」

「弟子入り希望ってのも、本当かどうか怪しいもんだぜ」

「海に放り込みますか？」

アオが言うと、クロは首を横に振る。

「島の保護魔法が効かない以上、戻ってきてまた勝手に島に入ってくるだろ。とりあえず、地下牢《ろう》に入れるか」

「僕、この人と遊びたい！」

ヒマワリは魔法使いに会ったことがない。これまで本でしか知ることのできなかった魔法の数々を実際に見てみたいし、聞きたいことだってたくさんある。

しかしクロは「だめだ」と少年を荷物のようにぞんざいに抱え上げた。

「こいつには絶対近づくなよ」

「なんで？」

「魔法使いが相手なんだ。何されるかわからない。アオ、牢の鍵よこせ」

「でも、大人じゃないのに」

アオが鍵を持ってきて、クロに渡した。

「魔法使いは子どもの頃から魔法を使えるし、教育を受けてる。こいつは十四、五ってとこだから、そこそこ一人前になる頃だろ」

「そうなの？　じゃあ僕も、もっと魔法を覚えていい？」

クロはしまった、というように顔をしかめる。

「……だめ」

「なんで？」

「とにかく、牢には近づくなよ！」

そうして少年は、薄暗い地下牢の住人となったのだった。


地下牢で目を覚ましたモチヅキは、その状況を恐れるでも困惑するでもなく、牢とはいえ雨風のしのげる場所でシロガネを待つことができると喜んだ。

どうやってこの島へやってきたのか尋ねるアオとクロにも、けろっとした様子で答える。

「海賊《かいぞく》船に乗せてもらいました」

「海賊船？」

「僕、お金なくて。船を手配できなかったので、なんでもしますって約束で海賊さんに送ってもらったんです。掃除に料理にマストの補修に……忙しかったですけど、楽しい船旅でしたよ。ただ困ったことに、彼らは絶対にこの島には近づきたくないって言うんです。海賊の間では、ここには絶対上陸するなっていう不文律があるそうで。昔、何かあったみたいなんですけど、みんな口を噤《つぐ》んでしまったので実際はよくわかりません。でもそこをなんとか頼み込んで、僕だけさくっと下ろしてもらって、彼らはさっさと去っていきました」

つまり、帰りの船はないということだ。

「家はどこだ？　親は？」

「僕、帰りませんから！」

「しかしそれでは、ずっとこの牢にいることになりますよ？」

「構いません！　ここで、シロガネ様を待たせてください！」

アオとクロは、困ったように顔を見合わせた。

船がないなら、古井戸の魔法で彼を送り返すしかない。しかしこの魔法は、行き先が明確でなければ発動しないのだ。

しかしモチヅキは頑《かたく》なに、家の場所を言うことを拒んだ。

「適当な場所に放り出せばいい。できるだけ遠い、北の果てにでも連れていけば戻ってこれないだろ」

対応を話し合いながらクロは投げやりに言ったが、アオは反対した。

「ですが、お金もないと言っていましたし。あの年齢では、まだ親御さんも心配しているでしょう。おうちの近くまで送って差し上げるべきでは」

ヒマワリのために育児書を読み込んでいるアオは、最近何事もすっかり親目線であった。

モチヅキは、シロガネに会うまで帰らないの一点張りだった。

アオが食事を運んでいくと、その度に、

「シロガネ様は戻られましたか？」

と期待に満ちた目で尋ねてくる。

ヒマワリは度々、自分も一緒に牢へ行きたいとせがんだが、アオもクロも決してそれを許さなかった。

しかし、だめだと言われると、やりたくなるのが人の性《さが》である。

モチヅキが島へやってきて三日目、ヒマワリは二人の目を盗んでこっそりと地下牢へと下りていった。この間までまったくのがらんどうだった暗い鉄格子《てつごうし》の向こうに、膝《ひざ》を抱えてモチヅキが座り込んでいるのが見える。

ヒマワリに気がつくと、モチヅキはぱっと顔を上げて、親し気に破顔した。

「やぁ、崖のところで会ったね」

「……うん」

少し距離を取りながら、ヒマワリは答えた。

近づいてはいけない、と言われているので、一応躊躇いはある。

しかし、それ以上に好奇心が勝った。

「君、ここに住んでるの？」

「うん、そう」

「僕はモチヅキ。君の名前は？」

「ヒマワリ」

「ヒマワリ！　ああ、その目にぴったりだねぇ！」

にこにことしているモチヅキにいくらか警戒を解き、ヒマワリはもう少しだけ近づいた。

「僕、本当はここに来ちゃだめって言われてるんだ」

「そうなの？　ヒマワリは、シロガネ先生の息子？」

しれっと先生呼びが始まっている。

「違うよ」

「じゃあもしかして、シロガネ先生の弟子？」

「ううん。シロガネには、弟子いないと思う」

「本当⁉　じゃあ僕が一番弟子ってことだな、ふふふ！」

嬉しそうだ。もう弟子になるつもり満々である。

ヒマワリは少しむきになって言った。

「シロガネはね、もうずっと帰ってこないんだよ。今まで会いに来た人たちだって、みんな会えずに帰っていったんだから。だからね、待ってても無駄だよ。もう……帰ってこないのかも」

「いつまでだって待つさ！　僕は諦《あきら》めないよ。僕にはもう、シロガネ先生しかいないんだ」

「でも、アオもクロも、モチヅキを帰す方法を相談してるよ。船はないから、魔法の道を通って帰そうって言ってる。おうちじゃなくても、どこか適当なところに連れていこうかって……」

するとモチヅキは奇妙な表情を浮かべた。

「それは無理だよ」

「どうして？」

「だって僕……魔法の道は通れないんだ」

「……？」

意味がわからず、ヒマワリは首を傾《かし》げた。

モチヅキは、少し躊躇いがちに説明する。

「僕ね、魔法を全部、無効化しちゃう体質なんだよ」

「魔法を、無効化？」

「うん。つまり、どんな魔法も僕にはかからない——作用しないんだよ。全部素通りしていくっていうか、なんの影響を受けないいんだ」

彼が崖にかけられた魔法をものともせず、あっさりと階段を上がってきた姿を思い出す。

「そんな魔法があるの？」

「違うよ。魔法じゃなくて、体質っていうか……その……僕……」

言いづらそうに、モチヅキは視線を彷徨《さまよ》わせた。

「魔法が、使えないんだ」

ヒマワリはきょとんとした。

「？　魔法使いなんじゃないの？」

「僕は魔法使いの一族の生まれだよ。それは間違いない。父上も母上も魔法使いだ。……でも僕だけ、魔法が使えない。生まれた時から一度も……」

「魔法が使えないのに、魔法使いの弟子になるの？」

「大魔法使いシロガネに教われば、こんな僕でも魔法が使えるようになるかもしれないじゃないか！」

ヒマワリは目をぱちくりとさせた。

そして、なーんだ、と肩の力を抜く。

魔法使いではないのなら、ヒマワリと同じ子どもだ。そこまで警戒する必要もない。

安心して、鉄格子のすぐ傍《そば》まで近づいた。

「魔法使いの子なのに魔法を使えないって、よくあること？」

モチヅキは情けなさそうに肩を落とし、普通はないよ、と俯《うつむ》く。

「僕だけなんだ、こんなのは。だから家族からも見放されてるんだ。出来損ないの、一族の面汚《つら》しって……はぁ。兄も妹もちゃんと魔法が使えるのに、なんで僕だけ……」

深いため息が、暗い石の壁にこだました。

「なんとか魔法が使えるようにならないか、これまでも色んな魔法使いに弟子入りして修業したんだよ。でも、全然だめ。両親ももうお手上げ状態。それで、シロガネ先生ならもしかしたらって思ったんだ。なんといっても、不老不死の秘術を編み出した天才だもの。僕が扉を開くことができない理由も、先生ならわかるんじゃないかと……」

「扉？　どこの扉？」

「魔力の入り口のことだよ」

「入り口？」

モチヅキは少し胸を張って話し始めた。

「魔力というものは、魔法使いが生み出すものじゃないんだ。魔法使いたちが『扉』と呼んでいる入り口の、その向こうにある世界から流れ込んでくるのさ。魔法使いだけが、その扉を開いて二つの世界を繋《つな》ぐことができる。すなわち、扉を開くことのできる者こそが、魔法を使える者——魔法使いなんだよ」

誇らしげに説明してから、気恥ずかしそうに頭を搔く。

「……といっても、僕もその理論しか知らないんだけど。扉は目に見えるものではなくて、魔法使いなら感じとることができるんだって。そしてその扉を開くと、魔力が己に流れ込んでくる。受け取った魔力を、様々な術式をもってして操り使役するのが、魔法使いだ」

（扉……）

これまでヒマワリは、なんとなくこうだろう、という感覚のみで魔法を使っていた。なんの知識も経験もなく、誰かが魔法を使うところすら見たことのないヒマワリには、その感覚を言語化することはできなかった。

しかし今のモチヅキの説明は、魔法を使おうとする時の感覚を的確に言い表している気がした。

（そうだ。魔法を使おうと思うと、どこからか力を手繰《たぐ》り寄せるような……溢《あふ》れてきた何かで身体中が満たされていく気がする）

「扉の向こうから魔力をどれだけ受け取ることができるのか、そしてそれをどう操るのか——そこに魔法使いの差が表れるんだよ。つまり、それが個性、あるいはその人の能力なんだ。大量の魔力を自《みずか》らに降ろすことのできる魔法使いは巨大な力を得るけど、その力に振り回されてしまっては身を亡《ほろ》ぼす。だから魔法使いは、魔力を適正に操ることのできる術《すべ》を幼い頃から学ぶのさ。逆に、扉を開けてもわずかな魔力しか受け取れない魔法使いもいる。個人によって、魔力の許容量が異なるんだ。そういう魔法使いは、より技術に走る。少ない魔力をいかに有効に使うか、そこが腕の見せ所になるってわけ。四大魔法使いの多くは、そもそもこの魔力容量が大きい方たちだ。シロガネ先生もそのタイプだって聞いてる」

「四大魔法使い――って何？」

モチヅキは目を丸くする。

「知らないの？　大陸の東西南北を守る、魔法使いの最高位にある人たちだよ。一般の魔法使いとはレベルが桁《けた》違いの、すごい魔法使いなんだ！」

「魔法使いって、そんなにたくさんいるんだ」

「魔法使いは大陸中にいるよ。それを統率しているのが、魔法の塔だ。四大魔法使いは、その魔法の塔で行われる評議会で決定される」

「じゃあシロガネも、その四大魔法使い？」

「いや。シロガネ先生は若い頃から飛びぬけて優秀で、当然四大魔法使いにって打診もあったんだけど、それをきっぱり断ったそうだよ。かっこいいよなぁ、孤高の天才魔法使い！」

「ふぅん……」

アオやクロの話、それにこの島を訪ねてくる人たちの口ぶりから、シロガネはなんだかすごい魔法使いらしいと思っていたが、魔法使いの世界では実ははみ出し者ということなのだろうか。

「えーと、じゃあモチヅキは、その扉から魔力を受け取れないから、魔法が使えないってことなんだ」

「……僕はそれ以前の問題なんだよ。まず、扉を開くことができない。魔力を受け取るという大前提まで、辿《たど》り着けてないいんだ。そんなふうに魔法が使えない体質が反転的に作用しているのか、一方で僕には、どんな魔法も効かない。誰かに魔法をかけられても、僕は何も感じないし、その魔法は発動しない――無効化してしまう。魔法自体が消えるわけじゃないんだけど、とにかく僕に対しては有効に発動しない。だから移動魔法も、僕は利用できないよ。僕を魔法の入り口に放り込んでも無駄なんだ。ちなみに僕の家では窓が移動魔法の入り口になっていて、その先に魔法の道が敷かれてるけど、何度窓から飛び出したって僕の前に現れるのはうちの庭だけだったよ。その度に、二階から落ちて骨折ったっけ……。その怪我だって、治癒《ちゆ》魔法じゃ治らないっていうオチさ」

疲れたような、遠い目をしている。

「つまり僕は魔法使いじゃないけど、ただの人間ですらないんだよ。だって普通の人間は魔法の力を享受《きょうじゅ》できるんだから。魔法の道だって使えるし、怪我だって治してもらえる。でも僕は、とにかく魔法が起こすすべての奇跡を何一つ体感できない。こんなのってあんまりだよ！」

頭を抱え、大きくため息をつく。

「だけど、僕だって魔法使いの血を引いてるんだ。きっといつか、力が覚醒するはずだ……！　でもどうしたらいいかわからない。わからないから、シロガネ先生に助けてほしいんだ。そう思って、シロガネ先生のところへ行きたいって両親にお願いしたけど、父上も母上も、もう僕のこと完全に諦めててさ。話も聞いてもらえなかったよ。だから僕、何も言わずに出てきたんだ。きっと清々してると思うよ、僕がいなくなって……。わかっただろ？　僕はもう後がないんだ。家には帰れないし、どこにも行くところはない。シロガネ先生だけが頼りなんだ！」

モチヅキの話を聞きながら、ヒマワリはあることを思い出していた。

シロガネの研究室で読んだ研究ノート。その中に、『非魔法使い』と称された記述があった。

読んだ時はよくわからなかったが、あれはモチヅキのような「魔法が使えない魔法使い」について言及していたのではないだろうか。あまり興味がなくて斜め読みしただけだったが、そこにはシロガネなりの様々な考察が書かれていたはずだ。

もしかしたら、シロガネであれば本当に、モチヅキの悩みを解決できるのかもしれない。

（でも、シロガネはもういない）

ミライも言っていた。

シロガネは、確かに死んだのだ。

「僕は魔法が使えない代わりに、勉強だけは嫌になるほどしたんだ。魔法の歴史、理論、術式体系、有名な魔法使いの自叙伝……あらゆる魔法書を読み漁ったよ。知識だけでいったら、僕ほど魔法に詳しく造詣《ぞうけい》の深い人間はそういないって胸を張れる。あとは肝心《かんじん》の魔力さえ手に入れば……！　そうしたら僕だって、四大魔法使いも夢じゃないかもしれない」

ぎりりと鉄格子を握りしめて、モチヅキは懇願《こんがん》した。

「お願いだよ、シロガネ先生に会わせて！　先生は僕に残された、最後の希望なんだ！」


ヒマワリがこの話をアオとクロにすると、二人は驚いた様子で考え込んだ。

「魔法を使えない魔法使い、ですか。……いえ、魔法が使えないなら魔法使いとは呼べませんが。そういった方がいるんですね。クロさん、聞いたことありますか？」

「魔法使いの一族はその血で魔力を呼ぶとは聞くが、それができないというなら、本当は親と血が繋がってないいんじゃないか？　養子か、あるいは取り換え子……。いや、その前にヒマワリ！　勝手に牢に行くなって言っただろうが！」

「でも、モチヅキは魔法が使えないんだよ。だから危なくないよ！」

「勝ち誇ったように言うな」

「そうですよ、ヒマワリさん。彼が本当に魔法が使えないのかは、まだわかりませんからね。油断させるために嘘《うそ》をついているのかも」

「それを確かめるためにも、井戸に放り込んでみるか。魔法の無効化ってのが本当かどうか、はっきりするだろう」

　こうしてモチヅキは、二人に牢から引っ張り出されると城の裏にある古井戸へと連れていかれた。

　念のため、両手は縄で縛られている。

「短距離で試す。目的地はあの丘の上だ」

　クロが指さす先にあるなだらかな丘に目を向けてから、モチヅキは恐る恐るというふうに井戸を覗き込んだ。

「ちょ、え、待ってください。これが魔法の道の入り口ですか？」

「そう」

「あのー、この井戸、どのくらいの深さがあるんでしょうか」

「底まで、約四十メートルってとこかな」

「……下に、水は？」

「とっくの昔に枯れてる」

モチヅキは泣き出しそうな顔で、ぶんぶんと首を横に振った。

「だめです、無理です！　言ったでしょう、僕は魔法の道を使えないんです！　ここへ入ったら、ただ穴に落ちるだけなんです！　底に叩きつけられて死んじゃいます！」

「それを試してみようって話だ。さぁ入れ。――行き先、終島《はてじま》の丘の上」

目的地を設定して井戸に落とそうとするクロに対し、モチヅキは必死の形相で抵抗する。

「助けてー！　人殺しー！」

「黙って入れ！」

「クロさん、もしものことを考えて縄梯子《ばしご》で下ろしましょうか。以前、シロガネがこの井戸の探検に行った時のものがありますから」

そう言ってアオが、古い縄梯子を物置から引っ張り出してきた。

それでもモチヅキは、恐怖に顔を引きつらせている。

「ぼぼぼ、僕、暗いとこと狭いとこが苦手で……」

「ここまで配慮してやったんだ。さっさと下りろ！」

「せ、せ、せめて、この縄解いてくださいよ！　うまく手を動かせません！」

ヒマワリは密かに感心した。モチヅキはこんな状況でも、自分の意志や要求をはっきり表明するし、相手に対して決して臆することがない。

仕方なく、クロは手首の縄を解いてやった。

「俺も一緒に行くからな。逃げようなんて思うんじゃねーぞ」

「わかってますよ……」

最初にモチヅキが、続いてクロが、梯子をそろそろと下りていく。井戸は奥へ進むにつれ植物が生い茂り鬱蒼《うっそう》としていて、闇《やみ》に包まれ底は見えない。二人の姿は暗がりの中へと消えていく。

見守っていたアオとヒマワリは、やがて井戸の中にふわりと光が溢れるのを見た。

魔法の道が開いたのだ。

丘を望むと、誰もいなかったその場所にぱっと人影が現れた。

ただし、一人だけ。

丘の上に降り立ったクロは、きょろきょろとあたりを探すように見回している。

やがて、井戸の中からモチヅキの泣き声が、幾重にも反響してこだました。

「ももももう、限界ですぅ……！　暗いよぉお……怖いよぉぉ……ここから出してぇぇ……助けておばあちゃ――ん……！」

嫌がるモチヅキを宥《なだ》めたり脅《おど》したりしながら、同じ試みをさらに二度繰り返したが、結果は同じだった。モチヅキは一切移動することができず、彼が魔法を無効化するというのはどうやら本当らしいと、三人とも信じるしかなかった。

魔法で送り返すこともできないとなれば、大陸へ渡るには船を確保するしかない。結局、船の都合がつくまでの間、モチヅキはしばらく島に滞在することになった。青い顔でひぃひぃ言いつつ井戸から這《は》い出してきたモチヅキだったが、結果的に望みの叶ったことを知ると途端に目を輝かせて喜んだ。

客間の一室があてがわれたのは、彼に対して一定の警戒が解かれた結果だ。魔法が使えないという彼の言葉が嘘である可能性はまだあったが、それについては証明のしようもないし、アオもクロも注意を払いつつ様子見することにしたらしい。

ヒマワリは喜び勇んで、毎日のようにモチヅキのもとを訪ねた。

牢で聞いた魔法についての講釈は、ヒマワリの知識欲をひどく刺激していた。これまで手探りのような状態で魔法と接していたヒマワリにとって、彼のもたらす情報は魅惑的だ。今まで無意識に行っていた呼吸の方法をようやく知ったような、乾いていた土に水が沁《し》みこんでいくような——そもそも土が乾いていることにすら気づいていなかった、そんな気分だった。この水がさらに行き届いて満たされれば、今までとは違う景色が見られる、そんな気がしていた。

こうしてモチヅキは、ヒマワリに請われ魔法についての講義を行うようになった。

モチヅキ自身は魔法を使えないので、その歴史や理論を説くだけだが、それまでヒマワリが書物からしか得られなかった知識について細やかに補足しつつ、最近の魔法の流行や魔法界の情勢なども交えて教えてくれる。

最初は、魔法について教わるということに少し渋い顔をしていたアオとクロも、あくまで座学であり実践的な内容ではなく、またその講義の間はモチヅキが出歩いたりもせずおとなしく部屋にいることになるので、最終的には許可してくれた。

ヒマワリが魔法使いの血を引いていると知ると、モチヅキはどこの家の出身なのかと尋ねた。

「家？」

「魔法使いは魔法の塔で登録管理されているし、魔法使いの系譜のどこにあたる家の出身なのかによって区分されてるんだよ」

「そうなの？」

「本当に何も知らないんだな。ねぇ、ヒマワリって、アオさんかクロさんの子どもなの？」

ヒマワリはふるふると首を横に振る。

「違うよ」

「じゃあ、ご両親は？」

「知らない」

「……孤児ってこと？」

「僕、どこで生まれて、どこで暮らしてたのかわからないんだ。舟でこの島に流れ着くより前のこと、覚えてない」

さらっと重い事情を聞かされたモチヅキは、少し焦ったように頭を掻いた。

「それじゃあ、どこかで君を探している家族がいるかもしれないじゃないか」

「いる、かなぁ……」

「魔法の塔に問い合わせてみれば、わかるかもしれないよ」

「魔法の塔？」

「そう、さっきも言ったけど、魔法の塔には大陸中の魔法使いが登録されているんだ。生まれた時に、どの家の生まれなのか、名前と性別、身体的特徴まで網羅《もうら》してる。だから、それを見れば実家がどこかわかるんじゃないかな」

ヒマワリは驚いた。

これまでは魔法使いといえば知っているのはシロガネだけで、魔法使いというのはこうした人里離れた場所で悠々自適に暮らしている人たちのことだと思っていたのだ。それが、そんなふうに細かに管理されているものなのか。

「そもそも、この世界における最初の魔法使いを知ってる？」

「歴史の本で読んだよ。『魔女』って人でしょ」

「そう、『魔女』と呼ばれた、僕らの祖先にあたる女性だ。この世界の歴史は、魔女以前と魔女以後に大別される」

「確か、魔女が生まれた年から、今使われているマナ暦が始まってるんだよね」

「そう。それ以前を古代と呼んでいて、今ではおとぎ話みたいな超文明を持った国があったとされてる。本当かどうかわからないけどね。その古代世界において起きた最大の戦争、いわゆる世界大戦が起きて、そのさなかに現れたのが魔女だ。魔法をこの世にもたらした最初の魔法使いさ」

説明しながら、簡単な年表を書いてみせてくれる。

「魔女が魔法をもって戦争を終結させ、その後、魔法使いによる国が興《おこ》った。この魔法王国は、世界を魔女以前とはまったく別のものに塗り替えた。文化も言語も」

「言語？　言葉も？」

「そう。ヒマワリ、小説は読む？　ああいうのに出てくる登場人物って、結構耳慣れない名前のことがあるだろう？」

ヒマワリは、アオがハマっている小説を思い出した。『薔薇《ばら》騎士物語』も『アヴァロンの果ては青い』も、彼が嬉しそうに話す主人公やヒロインの名前は、確かに珍しいものだった。

「どこか遠い国の物語なんじゃないの？」

「あれは、魔女以前の世界で使われていた名前だよ。魔法王国が世界を支配した三百年の間に、人名体系まですっかり変わってしまったんだ。これももともとは、魔法使いの真の名を隠すためだったらしいよ」

「真の名？」

「名前を知るということは、その相手を支配する方法を得ることになると考えられていたんだ。だから昔の魔法使いは、本当の名前とは別の呼び名を持っていた。その頃世の中に存在した名前とは、まったく異なる名を日常的に使うようになった。やがてそれが、一般にも広まっていったらしい」

「ふぅん。じゃあモチヅキも、別の名前があるの？」

「魔法使いの名前の秘匿《ひとく》が行われていたのは、魔法王国時代までだよ。国が滅んで以後、魔法使いたちは名前を隠すことをやめたんだ」

ヒマワリは首を傾げた。

「ねぇ、でも確か、魔法使いは王様にはなれないって、本に書いてあったよ。魔法王国なんて本当にあったの？」

「その掟《おきて》ができたのは、もっと後の時代さ。魔法使いの魔法があまりに圧倒的な力を持ったことで、残念ながら魔法使いたちは人間を支配して暴虐《ぼうぎゃく》の限りを尽くすようになっていったんだ。虐《しいた》げられた人間と竜の同盟軍による反乱が起きて、やがて魔法王国は滅びた。この同盟軍には、心ある魔法使い四人も加わっていたんだ。彼らが現在の四大魔法使いの祖、四賢人だ。四賢人は魔法使いが二度と君主とならない、国を持たないことを誓った。さらに、自分たちに害意がないことを示すために、名前を秘すことをやめたんだ。そうして四大魔法使いは、今も大陸の四方で魔法使いたちを統率している。——それで話が戻るんだけど、長い歴史の中で、魔法使いの一族にも今じゃ序列があるんだよ。世代が進んでいくつもの家に分かれていく中で、いわゆる名家とされる家と、そうじゃない家が出てきた。魔法の塔の記録を見れば、そういうこともわかるんだ。ちなみに僕の家は一応、その名家ってやつのひとつ。だから余計に、僕みたいな出来損ないが生まれたことが、大問題なんだよ。魔法使いのコミュニティで重要なのは、いかに優秀な魔法使いを多く輩出するかだ。僕みたいな存在は、恥もいいところでね……」

思い出して憂鬱《ゆううつ》そうに、モチヅキはため息をついた。

「一人だけ……僕のおばあちゃんだけは違った。こんな僕にも、すごく優しくしてくれた。おばあちゃんは魔力容量も少ないしあまり優秀な魔法使いとはいえなかったみたいで、一族の中では立場が弱かったんだ。だから僕の気持ちがわかったんだよ。シロガネ先生について教えてくれたのも、おばあちゃんなんだ。あの人ならお前を救ってくれるかもしれない、って……。でも、三か月前に死んじゃった」

モチヅキの瞳が、少し潤んでいる。

「それでようやく決意したんだ。シロガネ先生の弟子になろうって」

家には帰れないし、どこにも行くところはない、とモチヅキは以前語っていた。

それは、ヒマワリも同じだった。

ここ以外、行く場所などないのだ。

「じゃあ、ずっとここにいればいいよ」

ヒマワリは言った。

「ずっと、一緒に暮らそうよ」

モチヅキは、少し恥ずかしそうに笑った。

「そうできたら、いいなぁ」


モチヅキはこの教師としての役割を、案外気に入ったようであった。何より、これまで蓄えた知識を誰かに披露できるのが嬉しいらしい。

時折課題を出して、ヒマワリの習得具合を確認することもあった。ヒマワリが正解すると、その度に持参したチョコレートを一粒くれる。

「おばあちゃんがね、よくこうして、僕が正解するとご褒美のチョコをくれたんだよ」

懐かしそうに目を細める。そのチョコレートの美味《おい》しさといったら身体が蕩《とろ》けてしまいそうなほどで、ヒマワリは一層張り切って課題に取り組むようになった。

さらに、モチヅキがいくつかの魔法書を貸してくれたので、ヒマワリは夢中になって読みふけるようになった。夕食の席にまで持ち込んで読みながら食べようとするヒマワリを、クロが叱りつけることもしばしばだ。

また、モチヅキは一人家政に勤《いそ》しむアオを積極的に手伝った。

「居候《いそうろう》ですから、これくらいさせてください」

と、皿洗いや掃除など、なんでも率先してこなす。

その際、祖母から教わったという『茶渋を綺麗に取る方法』とか、『室内干しの洗濯物を早く乾かす方法』などの知恵袋をアオに伝授しては、しきりに感激されていた。

目を輝かせたアオ曰《いわ》く、

「あれはもう、魔法です」

らしい。

そんなある日の、講義の休憩時間。ヒマワリはシロガネの直筆ノートを取り出して、モチヅキに見せた。

「あのね、シロガネが昔、モチヅキみたいな人のこと研究していたみたいなんだ」

モチヅキは飛び上がった。

座っていた椅子が、音を立てて倒れる。

そのまま一旦後退《いったんあとずさ》りして、今度はふらふらと手を伸ばして近づいてくる。

「大丈夫？」

「こここ、これが、シロガネ先生のノート……!?　本物!?」

「しーっ、内緒だよ。本当は研究室に勝手に入っちゃいけないって言われてるの。だから、これ持ち出したのも秘密なんだよ！　絶対、アオやクロに言わないでね！」

「も、もちろん！」

頬《ほお》を紅潮させてノートを覗き込む。

そこには、魔法使いの一族に生まれながら魔法を操ることのできない者についての、詳細な研究記録があった。

「ええと……『こうした非魔法使いは、この千年の間に二名存在を確認されている。一人は女性、両親とも魔法使いであり、もう一人は男性で片親だけが魔法使いであった。このことから、非魔法使いは生まれや性別の影響を受けるわけではないと思われる』」

モチヅキはぱっとノートから顔を上げると、目を輝かせた。

「——僕みたいな人が、ほかにもいたんだ！」

さらに食い入るように、ノートの続きを読み始めた。

『彼らは魔法容量がないというよりは、そもそも魔法の扉を開くことができないようである。また注目すべきは、魔法が使えない一方で、魔法の影響を一切受けず相殺《そうさい》してしまうという特性も持っている。

五百年前に存在した非魔法使いの少女ハルカは、どんな魔法をも打ち消したが、最後は竜の呪いを受けて死んだとされる。このことから、彼らの持つ特性はあくまで対象を魔法に限定されるらしく、魔法とは別種の力に対しては、普通の人間と同じ反応を示すものと思われる。

　三百年前に生きた非魔法使いの青年キツツキは、時の四大魔法使いの一人であった北の魔法使いの魔法による攻撃にびくともせず、衆目の前で彼を直接殴り倒してしまった。四大魔法使いの権威を大いに傷つけるこの出来事は魔法界において不都合な事実であり、正式な記録には残されていない。そしてこれ以後、魔法界は非魔法使いの存在を認めず彼らを隔離した。私が確認できた二名以外にも、隠された者たちがいた可能性がある』

　そこまで読んで、モチヅキは黙り込んだ。

「どうしたの？」

「僕、数年前から病弱で寝込んでいることになってるんだ。だから家からも、ほとんど出してもらえなくて。……そのうち、死んだことになるんだと思う」

　ヒマワリは驚いた。

「死ぬ？」

「魔法の塔に登録された僕の名前を、抹消《まっしょう》するつもりなんだよ。魔法使いじゃないんだもの、しょうがないんだけど。両親は僕が魔法を使えないってこと、ほかの家に知られたくないんだ。だから死んだことにするのさ。その後はきっと、どこかの田舎にでも隠されて……僕以外にも、そういうふうに記録から消えた人たちが、きっといたんだ」

シロガネのノートには、その後彼が大陸中を回って非魔法使いを探した記録があった。死亡届などで登録抹消された者、病弱でほとんど活動が記載されていない者のリストが挟まっており、そこに記載された魔法使いを訪ね歩いたらしい。

そしてそれらの名前すべてに、取り消し線が引かれていた。

最後に、こう書かれている。

『現在、非魔法使いの存在は確認できていない。その血を分析すれば何らかの変異の痕跡《こんせき》が見られるかもしれない。彼らはいつかまた、生まれることがあるはずである。その兆《きざ》しを摑《つか》む方法があればいいが……』

モチヅキは最後まで読み終えると、ゆっくりとノートを閉じた。

「――シロガネ先生なら、きっと僕のことを理解してくれる。どうして魔法が使えないのか、その原因をきっと一緒に突き止めてくださるはずだ」

ノートをぎゅっと抱え込む。

嬉しそうなモチヅキを見て、ヒマワリもなんだか嬉しくなった。

実家に帰れば病気と称して隔離されてしまうというモチヅキは、確かにシロガネの弟子になれば人生が変わるのかもしれない。

「ねぇヒマワリ、先生はまだ帰ってこないのかな。僕がここへ来て、そろそろひと月だよ」

「僕もここへ来てから、一度も会ったことないもの」

「どこに行ってるの？」

「わかんない。シロガネは気まぐれだって、アオもクロも言ってる」

「ああ、早く会いたいなぁ」

モチヅキはうずうずとした様子で、もう一度ノートを読み始めた。


しかしさらに半月が経《た》った頃。

ついに船を調達できた、とクロが告げた。

ほぼ強制的にモチヅキが荷物と一緒に砂浜へと連れ出されてしまい、ヒマワリは慌てて後を追っていった。見れば確かに、海上に一隻《せき》の船が浮かんでいる。

「近くの港に停泊していた商船だ。お前の故郷まで送り届けるよう、交渉しておいた」

「ちょ、ちょっと待ってください！　僕は帰りませんよ！　シロガネ先生に会うまでは、絶対に帰らない！　それに、僕の故郷がどこだか知らないでしょ！」

「それはすでに判明しています」

そう言ってアオが取り出したのは、チョコレートの箱である。

「あっ……」

ヒマワリは声を上げた。

いつもモチヅキがご褒美にくれたチョコレートだ。

「これ、某国の有名菓子店のものですね。実は以前、シロガネのお使いで買いに行ったことがあるんです」

「……！」

モチヅキは青ざめた。

ヒマワリはその様子をハラハラと見つめる。

「モチヅキ、帰っちゃうの？」

「ヒマワリ……」

「僕、モチヅキに教えてほしいこと、まだいっぱいあるのに」

「諦めろ、ヒマワリ」

クロがそう言って、モチヅキを促《うなが》す。

モチヅキは、荷物をぎゅっと抱いて叫んだ。

「僕は諦めません！　追い出されたって、何度だって戻ってきます！　すぐに引き返してきますからね！」

「そう言うと思って、俺も一緒についていくことにした」

モチヅキはぽかんとした。

「え？」

「俺がお前を、家まで確かに送り届ける。お前が家族のもとに帰るのを見届けるまでは、帰らないからな」

ひくり、とモチヅキは喉《のど》を震わせた。

「や、やめてください！　戻りたくないんです！　戻る場所なんて、ない……！　家族だってみんな、僕がいなくなって喜んでいるはずです！　戻ったらまた病人扱いされて、ずっと部屋に閉じ込められる。そしてそのうち、僕は死んだことになる。そんなの、嫌なんだ！」

「モチヅキ。シロガネが戻ったら、お前のことはちゃんと伝えておく。絶対だ」

クロは、いつになく真剣な眼差《まなざ》しで諭《さと》していた。

「それまでは、家で待ってろ」

「でも……」

「お前の家族にも、俺が直接会って話をつけてやる。シロガネの弟子候補として、しばらく猶予《ゆうよ》をよこせってな」

「……弟子、候補？」

「じゃあ、僕も一緒に行く！」

ヒマワリはぴょんぴょんと跳び上がって、クロにまとわりついた。

「だめだ、お前はアオと留守番」

「やだ！　行く！」

「土産《みやげ》に、チョコ買ってきてやるから」

「ヒマワリさん、一緒に待っていましょう。その間、ヒマワリさんが好きなものなんでも作ってあげますから。ね」

クロとアオからフォローされても納得がいかず、やがてヒマワリは泣き出してしまった。

「……ヒマワリ、泣かないでよ」

モチヅキが困ったように、優しく声をかけてくれる。

「行っちゃいやだよ、モチヅキ」

泣きながらしがみついてくるヒマワリを、モチヅキは優しく受け止めて、背中を撫《な》でてやる。

「……またきっと会えるよ。僕がシロガネ先生の弟子としてここに来るまで、待ってて」

しゃくりあげながら、ヒマワリはいやだ、というようにぶんぶんと首を横に振る。

「そうだ、帰ったら君のこと調べておくよ。魔法の塔に照会してみるから……」

「だめだ」

突然、クロが鋭い声を上げた。

そしてモチヅキに向かって、呪いの言葉を吐く。

「お前は、ここで見聞きしたことを誰にも話すことができない。もし一言でも話そうとすれば、お前の心臓は止まる。そして、二度とここへ来ることはできない」

その剣幕に硬直したモチヅキは、気圧《けお》されたように息を呑《の》んでクロを見上げた。

「な、なんですか。脅しですか？　魔法なら、ぼ、僕には効きません、よ……」

クロが竜であることを、モチヅキは知らない。絶滅したはずの竜が目の前にいるなど、思いもよらないだろう。だが、これがただならぬ脅し文句であることは感じ取ったらしい。

「さぁ、今すぐあの船で立ち去るんだ」

怯《おび》えた様子のモチヅキはやがて、ヒマワリにもう一度別れを告げて、おとなしく迎えの小舟に乗り込んだ。

その姿を見送りながら、アオがクロに囁《ささや》く。

「魔法を無効化できる彼に、呪いは効くのでしょうか？」

するとクロは、大丈夫だ、と自信ありげに答えた。

「魔法と俺たちの呪いは、まったくの別物だからな。——あいつの胸に、楔《くさび》はちゃんと刺さってる」

じゃあ行ってくる、と一緒に舟に乗り込もうとするクロに、ヒマワリは追いすがった。

「クロ！」

彼の上着をぎゅっと握り締める。

「モチヅキが、家の人たちにひどいことされないようにしてあげて。お願い」

「わかったから。ほら、戻れ」

「うん……」

名残《なごり》惜しそうに、ヒマワリはゆっくりと後退る。

舟がこぎ出すと、ヒマワリは大声で叫んだ。

「モチヅキ、またね！」

モチヅキが、ぶんぶんと手を振っているのが見えた。ヒマワリも手を振る。

その姿は徐々に、遠く小さくなっていった。

遠ざかる舟を見送るヒマワリの傍で、アオは手にしたチョコレートの箱をそっと見つめめた。

この箱のおかげで、モチヅキの故郷がどこかわかった。

が、同時にひやりとした。

（ヒムカ国の、チョコレート……）

ヒムカ国は、ヒマワリの母国でもある。

万が一モチヅキからヒマワリの存在が漏れれば、あの国の王は黙ってはいないだろう。

（クロさんの呪いがしっかり効いたようですから、問題ないとは思いますが……）

舟に向かって手を振っているヒマワリを見守りながら、アオは気づかれないよう片手で箱を握りつぶした。ほぼ一瞬で小さな豆粒ほどになったそれを、後で燃やしてしまおうとポケットにつっこむ。

「さぁヒマワリさん、中へ入りましょう。今日の晩御飯、何にしましょうか」

「うん……」

後ろ髪を引かれるようにちらちらと海のほうを眺めながら、ヒマワリはアオと一緒に階段を上っていく。

「じゃあ……ビーフシチュー」

「承知しました。お肉は、脂身なしですね」

うん、と頷《うなず》くヒマワリには明らかに元気がなかったが、時間が解決してくれるだろう。

その小さな手を取り、城へと二人で歩いていく。

（脂身が嫌いで、甘いものが好きで）

食べ物の好みが、本当にシロガネに似ていると思う。

（いえ、シロガネは何よりお酒が好きでしたね。さて、この子はどうでしょう）

今はもっぱらクロばかりが飲んでいる地下のワイン貯蔵庫には、シロガネが集めた年代物がごっそりと保管されている。いつかヒマワリも、一緒に飲むようになるだろうか。

ただ、アオは少しだけ寂しいのだった。

そんな時、自分だけはその酒を飲むことができない。

——人間になる魔法はありますか？

かつて、シロガネにそう尋ねたことがある。

シロガネは静かに、首を横に振った。

がっかりするアオに向かって、彼は笑って言った。

——でもね、アオ。君が人間だったら、僕たちは出会ってないじゃないか。そんなのは嫌だよ。

シロガネは、いつ帰ってくるかわからない。

だがアオは、焦ってはいなかった。

自分なら、いつまででも待つことができる。

(そうですね、シロガネ。俺が人間だったら、あなたに二度と会えないかもしれませんからね)


クロとモチヅキを乗せた商船は途中いくつかの港へ寄港しながら進み、ヒムカ国に辿り着いたのは十日後のことだった。ただしそれは領土の最南端に位置する港に着いただけで、モチヅキの実家があるという王都までは、さらに徒歩と運河を使って五日かかった。

案内された彼の家は王都の中でも王宮にほど近い一画にあり、周囲の屋敷より明らかに敷地も広く、高い塀に囲まれ立派な館を構えていた。名家というのは本当らしい。

家の前までやってきたモチヅキは、明らかに表情が暗かった。旅の間も度々、戻ることを誰も望んでいない、きっと嫌な顔をされる、と鬱々と語っていた。家族から冷たい言葉を投げかけられることを予想しているのだろう。

クロが門扉《もんぴ》を叩くと、やがて黒服の使用人が現れた。彼はモチヅキを目にすると、

「……おや、戻っていらっしゃるとは」

と慇懃《いんぎん》無礼に言った。

どうやらモチヅキは、使用人にまで軽んじられているらしい。本人はクロの隣で、気まずそうに俯いている。

「大魔法使いシロガネの使いで伺《うかが》いました。こちらの主人にお会いしたい」

意外な名が出て驚いた様子の使用人は、訝《いぶか》しげに、

「シロガネ様の……？」

と聞き返す。

「案内していただけますか」

魔法使いの名家に仕える男は、さすがにシロガネの名前には抗《あらが》えないようだった。いくらか怪しむ素振りを見せつつも、「こちらへ」と中へ促す。

応接間に通されると、しばらくしてモチヅキの両親と思われる男女が姿を見せた。彼らは椅子の上で小さくなっている息子に対し、興味がなさそうに目の端でちらりと確認すると、それきりその存在を忘れたようにクロに向き直った。

「シロガネ様のご使者だそうで。もしや愚息が、何かご迷惑をおかけしたのでしょうか」

二人とも、あまりモチヅキとは似ていない。父親は名家の長《おさ》であることにさぞや誇りを抱いているのだろう、態度にも表情にも己への自信と傲慢《ごうまん》さがひしひしと表れているし、

青白い顔のほっそりした母親はといえば、ひどく神経質そうに眉をひくつかせている。

クロは余所《よそ》行きの、品のある微笑を湛えてみせた。

「いいえ、とんでもない。逆です。シロガネは、ご子息に大層興味を持っているのです。近々、彼を弟子として迎え入れたいと申しておりまして」

「──弟子？　シロガネ様が、うちのモチヅキをですか？」

「ええ。今は少し忙しいので、落ち着いたら迎えをよこします。それまでご子息が、大魔法使いの弟子にふさわしく十分に魔法について学んでいることを、シロガネは望んでおります」

二人は信じられない、という顔でモチヅキをちらちらと見ている。モチヅキもまた、びっくりして固まっていた。

クロの言ったことは全部でまかせだ。シロガネの意向など、彼が戻ってみなければわからない。

だがそれは、この両親には知り得ないことだ。

（魔法界において、シロガネの名は伝説。その弟子に請われていると言われれば、そう無体な扱いはしないだろう）

「失礼ですが本当に、シロガネ様がそのように？　何かの間違いでは」

「いいえ、確かにそのように言付かっています」

「ですが、シロガネ様はご存じなのでしょうか？　息子は、その……」

「魔法が使えないのでしょう？」

「…………」

父親は恥を口にしたくないとでもいうように口を噤み、視線を落とした。モチヅキはその様子に、身を縮めている。

「もちろん存じています。シロガネはそれを知った上で、ご子息を是非《ぜひ》弟子にしたいと」

「まさか、そんなことが……」

「これは、シロガネから預かってきたものです」

なかなか納得しない両親に、クロは懐《ふところ》からあるものを取り出してみせた。

「これは……！」

「大魔法使いシロガネだけに授与されている、この世に唯一の『魔女の紋章』です」

それは銀のブローチであった。

中心に杖が一本、その背後には太陽が、そしてその太陽の放つ光を囲むように一頭の怪物が、己の尾を噛《か》んで環《わ》を作っている。

魔法使いを象徴する『魔女の紋章』だ。

この紋章は魔法書など、魔法使いに関連するものや場所には必ずといってよいほど描かれている。ただし、銀のブローチを持つことができるのは四大魔法使いだけ――これはいわば、勲章《くんしょう》であった。

四大魔法使いの紋章にはさらに、片手の意匠がそれぞれ異なった形で加えられている。そのひとさし指は、東の魔法使いなら右を指し、南の魔法使いなら下を指している、という具合に、己の司《つかさど》る方角を示していた。

シロガネは四大魔法使いへの就任を拒んだが、その多大なる功績から特別にこの勲章を得ていた。ただし、彼の持つブローチに手の意匠は存在しない。代わりに、杖に翼が生えている。魔法を天に上るほど発展させ、その力が誰より高みにある者の意で、シロガネにしか使うことが許されていない構図だ。

このブローチ自体に特別何かしらの効力があるわけではないし、シロガネには具体的な地位もない。それでも、この銀のブローチを持つ者はこの世でただ一人シロガネだけだということは、魔法使いなら誰もが知っている。

ただしシロガネは勲章などにはまったく興味がなかったので、いつも適当にそのあたりに放り出してあった。キラキラして綺麗だったので、クロがもらっていいかと尋ねると、

「いーよー」

と日課の体操をしながら、間延びした返事を返したものだ。

そんなわけでこれは、クロの自室で山になっていたキラキラコレクションの中から掘り出してきたものである。

部屋の片隅《かたすみ》で埃《ほこり》をかぶっていたそのブローチに対し、モチヅキの両親は歓喜に震えながら身を乗り出し、羨望《せんぼう》と崇敬《すうけい》の眼差しを向けた。

「なんと、この紋章を目にすることができる日が来るとは……！」

「なんて光栄な……」

「モチヅキ殿の件、間違いなくシロガネの意志であると、ご納得いただけましたでしょうか？」

興奮する二人に、クロが畳みかける。

「そういうわけですので、次に会うまでモチヅキ殿が何卒《なにとぞ》ご健勝であられるよう、配慮をお願いいたします。何かあれば、私が大魔法使いに罰を受けてしまいますので。……もちろん、あなた方も」

ブローチの威光ですっかりクロの言い分を信じ込んだらしい父親は、先ほどまでとは打って変わって愛想よく頷いてみせた。

「それはもちろん！　息子がシロガネ様の弟子となれば、我が家の誉《ほまれ》でございます！」

「モチヅキ！　ああ、心配していたのよ愛《いと》しい子！　さぁ、よく顔を見せて！」

母親が腕を広げて、大袈裟《おおげさ》に息子に抱きついた。その豹変《ひょうへん》ぶりに、されるがままのモチヅキは目を白黒させている。

「疲れているんじゃないか？　部屋で休むか？　そうだ、お前の部屋はもっと広くて、私たちの部屋に近いところに変えよう。おい、誰か！　すぐに二階の空き部屋を整えよ！」

突然下にも置かぬ態度で両親に世話を焼かれ、モチヅキはすっかり呆気《あっけ》に取られていた。もてはやされ、戸惑いながらあれよあれよと連れていかれる彼を見届けると、クロは屋敷を後にした。

これで今後、モチヅキの扱いも変わるだろう。

クロはうーん、と伸びをした。

「はぁ、疲れた……」

あとは、ヒマワリに土産のチョコレートを買って帰ればいいだけである。

「チョコレート屋ってどこにあるんだ？　有名な店があるんだろ？」

見送りの使用人に尋ねると、大通りに出ればすぐに見つかると教えられた。

「『スオウチョコレート』というお店です。赤い看板で、目立つのですぐわかりますよ」

言われた通り、大通りへ足を向けた。

ぶらぶらと歩いていると、通りの向こうに、小高い山の上に聳《そび》え立つ巨大な城が現れた。

クロは足を止め、その姿を遥《はる》かに仰ぐ。

どこか武骨な印象すら漂う黒壁の城は、軍事力によって勢力を伸ばすこの国の姿を象徴するように、勇壮で猛々《たけだけ》しい。

それこそが、この国の王の住まいに違いなかった。

（つまり、ヒマワリの父親がいるところ……）

息子を殺せと命じた父親。

彼がヒマワリの生存を知れば、黙ってはいないだろう。

もしかしたら、あそこにはヒマワリの母親もいるのかもしれない。だとしたら、息子のことをどう思っているのだろうか。死んだと聞いて、悲しんでいるのだろうか。

「――どけ！　将軍のお通りだぞ！」

道行く人々が、慌てて脇に身を寄せ始めた。

何事かと目を向けると、騎兵の一団が整然と並んでやってくる。クロもそっと、端へと避けた。

人々がざわめく声が、耳に入ってくる。

「なぁに、どうしたの？」

「将軍がおでましだなんて」

「罪人を捕らえに行くんだってさ」

「罪人?」

クロはおや、と思った。

騎兵の先頭で馬を駆る人物に、見覚えがあったのだ。

(あれは……)

ヒマワリを追って島へやってきた、あの将軍だった。念のためその胸に視線を向ければ、クロがかけた呪いの楔が確かに刺さっている。

呪いにかかった彼は、クロの言う通りヒマワリは死んだと報告したはずである。どうやら降格されることもなく、将軍位のままでいるらしい。なかなかうまく立ち回ったようだ。

だが罪人を捕らえに行く、と聞いてクロはわずかに不安になった。

(まさか、ヒマワリのところに……)

クロは道の真ん中に向かって、悠々とした足取りで進み出た。

突然道を塞いだ不届き者に、将軍は驚いて手綱《たづな》を引いて馬を止める。

周囲の兵士たちが殺気立ち、一斉にクロを取り囲んだ。

「無礼者! 脇に避けろ!」

しかし、当の将軍はクロの姿を認めると、すっと青ざめた。

カタカタと震え出した彼に、クロは昨日会ったような気軽さで「よう」と声をかけた。

「久しぶりだな」

「……！　い、いいい、言ってない！　何も、言ってないぞ……！」

将軍は慌てふためいて馬を下りた。

「お、俺を、殺しに来たのか……!?」

「違うって。偶然通りかかっただけ。ところで、今からどこへ行くんだ？　罪人を追っているると聞いたが」

するとと将軍ははっと気づいたように、クロを睨《にら》みつけた。

「そうだ、罪人を探している。――大魔法使い、シロガネを！」

「……は？」

クロは意外な名を聞いて、目を見開いた。

「我が国で狼藉《ろうぜき》を働いたシロガネを、即刻捕らえて処刑せよとの、陛下の命が下ったのだ！」

五　シロガネの帰還

「ねぇ、クロ今日は帰ってくる？」

クロがモチヅキとともに島を離れてから、ヒマワリは毎日アオに尋《たず》ねた。

アオはその度に、

「もうしばらくかかるかもしれませんね」

とか、

「そろそろかもしれませんねぇ」

などと律儀に返答する。

この日も、朝食の席でヒマワリは焦《じ》れたように尋ねた。

「今日はクロ、帰ってくるかなぁ？」

ミルクをコップに注ぎながら、アオは「そうですねぇ」と答える。

「行きは船ですが、帰りは魔法の道を通ってくるはずです。モチヅキさんのおうちにさえ辿《たど》り着けば、すぐ帰ってくると思いますよ」

「うさぎの子ども、早く見せたいね」

「そうですね」

島に住んでいるうさぎが、一週間前に子どもを五羽産んだのだ。最初はどの子うさぎも毛が生えていないことにびっくりしたヒマワリだったが、今ではだんだんと産毛《うぶげ》も生え、その様子を嬉《うれ》しそうに毎日観察していた。小さくて可愛《かわい》い子うさぎたちを、クロにも早く見せたくて仕方ない。

「チョコレート、ちゃんと買ってきてくれるかな」

「大丈夫ですよ。クロさん、そういうところ律儀です」

「あのチョコ美味《おい》しかったなぁ～。ねぇ、アオは本当に全然食べないの？」

「はい。俺の身体《からだ》は、食物を摂取するようにはできていません」

「味は？　わからないの？」

「味覚は備わっています。こうして料理などをしたり、毒を検知したりできるようにですね」

「お腹《なか》空かない？」

「俺のエネルギー源は別にあるので……」

突然アオの表情が、いつになくさっと強張《こわば》った。

硬質な瞳が、見えないなにかを捉《とら》えたようだった。

「――来客？　いや、違う……これは」

そう呟《つぶや》いて、ぱっと身を翻《ひるがえ》す。

「アオ？　どうしたの？」

「ヒマワリさんはここにいてください！　絶対に出てこないように！　いいですね？」

部屋を出て行くアオを、ヒマワリは思わず追いかけた。

「アオ！」

「来てはだめです、気配を悟られないように隠れて！　相手は五人……すでに島の中に……いいえ、もう城の前にいます！」

ヒマワリは驚いた。

アオは何者かの侵入を察知したらしい。島の周囲にかけられた魔法によって、訪問者は容易には中へ入ることができないはずだ。それが、すでに城の前にまでやってきているという。

（もしかして、モチヅキみたいに魔法を無効化できる人？）

ヒマワリは言いつけに背き、足音を立てないようにしてそっと玄関へと向かった。何かあった時、魔法が使える自分にもできることがあるかもしれない。

玄関の扉を叩く音が、鋭く響いた。

決して大きな音ではなかったが、それはなんだか妙に威圧的に轟《とどろ》き、ヒマワリを不安な気持ちにさせた。

アオが扉の前に立ち、警戒しながら、

「どちら様ですか」

と問う。

低く陰鬱《いんうつ》な声が、扉の向こうで返答した。

「——我らは魔法の塔より遣わされた審問官である」

ヒマワリはぎくりとする。

（魔法の塔……？）

「扉を開けよ」

アオは用心しつつも、取っ手に手をかける。

扉の向こうに立っていたのは、異様な風体の五人組だった。

揃《そろ》いの灰色のローブを纏《まと》った彼らは、石膏《せっこう》像のようにこちらもお揃いの表情のない顔を並べている。

「シロガネ殿へお取次ぎを」

「シロガネは留守にしています」

勝手に島に入り込んだ彼らに対し、アオの声はいつになく険しい。

ヒマワリは彼らをこっそりと観察した。噂《うわさ》に聞く魔法の塔が、実体として目の前に現れたのだ。気にならないはずがない。

五人組のローブの胸元には、同じ形の真鍮《しんちゅう》のブローチが留められていた。

その意匠は、どこかで見たことがあるものだ。

（魔法書によく出てくるやつだ）

中心に杖が一本、その背後には太陽が、そしてその太陽の放つ光を囲むように一頭の怪物が、己の尾を噛《か》んで環《わ》を作っている。魔女の紋章だ。ただ、知っている紋章とは少し違って、その中央には天秤《てんびん》の意匠が加えられている。

五人の中央に立つ、ひっつめ髪で細面《ほそおもて》の男がわずかに眉を寄せ、薄い唇を開いた。

「では、やはりヒムカ国にいるのか」

「ヒムカ国？」

「現在ヒムカ国において、魔法使いシロガネの捕縛命令が出されている。魔法の塔へも知らせがあった。事実を確認するため、我らが遣わされたのだ」

「シロガネの、捕縛命令ですって？」

アオが困惑したように声を上げる。

「ここひと月ほどの間、シロガネ殿はヒムカ国の都において数々の問題を起こしている。だが先日、忽然《こつぜん》と姿を消した」

「シロガネが……？」

アオが微《かす》かに、揺れ始める。

「シロガネが、戻ってきたんですか?」

その声音《こわね》には、驚きとともに喜びが滲《にじ》んでいた。

対照的に、ヒマワリは密やかに息を呑《の》んだ。

（シロガネが、戻ってきた……?）

死んだはずのシロガネ。

本当に、戻ってきたのか。

「シロガネ殿が、使用人と思《おぼ》しき男とともに行動していることもわかっている。黒髪の男だ。心当たりがあるな?」

アオは驚いて、言葉が出ないようだった。

黒髪の男とは、クロのことか。

クロは今、モチヅキと一緒にいるはずではないのか。

（じゃあそのヒムカ国っていう国に、モチヅキの家があるってこと?　そこに、シロガネもいる?）

ヒマワリは、弾かれたように駆け出した。

裏口に回り、真っ直ぐに古井戸へと向かう。

だめだ、と思った。

（クロが、シロガネに会ったら……）

シロガネがこの島へ、帰ってきてしまう。

アオもクロも、シロガネに取られてしまう。

（シロガネが……この島へ戻ってくる前に）

ヒマワリは、古井戸の魔法の道へと飛びこんだ。

「行き先、ヒムカ国の都！」

目の前に光が溢《あふ》れ、包み込まれていく。

（シロガネを――殺さなくちゃ）

ヒマワリの姿は、島から完全に消え去った。


「魔法使いシロガネには、殺人の疑いがかかっている」

イチイと名乗ったヒムカ国の将軍は、クロにそう告げた。

信じがたい罪状に、クロは一瞬言葉を失った。

「は……？」

「一か月前、シロガネは突然我が国に現れた。そして不老不死の秘薬を、貴族や裕福な商人たちに売り始めたのだ。やがてシロガネは、ある貴族の屋敷に招かれそこに住み着いていた。当然王宮にもその噂は届き、シロガネを陛下に謁見《えっけん》させ、薬を献上させよとの声が高まってな。だが、シロガネはこれを拒否した。これだけでも不敬罪にあたるのだが、三日前に事が起きた。シロガネが滞在していた屋敷の主《あるじ》が、明らかに他殺の状態で死亡しているのが見つかったのだ。使用人の話では、その前日にシロガネが主と言い争っていたという。しかもその日以来、シロガネは忽然と姿を消してしまった」

「シロガネがその貴族を殺して、逃げたっていうのか？」

「シロガネの傍にはいつも従者がついていたという。なんでも、黒髪の若い男だと……」

こちらにいくらか疑いの目を向けるイチイを、クロはぎろりと睨《にら》みつけた。

「ああ？」

イチイは、そのひと睨みにぶるりと震えて後退《あとずさ》った。

一国の将軍らしく堂々たる偉丈夫であるイチイだが、竜となった彼の恐ろしさを体感しているので、強く出られないらしい。

「い、いや……その男も、シロガネとともに行方不明だ。魔法の塔にも問い合わせて、居場所を探しているところで――」

突然胸倉を摑《つか》まれ、イチイは声を詰まらせた。

その足が、地面からゆっくりと離れていく。周囲の兵たちがざわめいた。

自分より一回り大きな体の将軍――しかも重量のある甲冑《かっちゅう》に身を包んでいる――を片手で持ち上げながら、クロは切り裂きそうな目を向けた。人型をとっている時、竜であるクロは通常の人間よりも腕力が数倍強い。

「その貴族の屋敷ってのは、どこだ?」

青ざめたイチイは、がくがくと震えていた。

(シロガネが、戻ってきた……?)

ざわざわと胸が震える。

――戻ってくるよ。

懐かしい声。シロガネは約束通り、戻ってきたのだ。

だが、それなら何故《なぜ》、自分たちのいる島へ帰ってこないのか。

しかも、不老不死の秘薬を売る、人を殺して逃亡する――聞いた話はいずれも、クロの知るシロガネという男が取るとは思えない行動だ。

(戻ってきたシロガネが、以前のシロガネと同じとは、限らないのかもしれない)

シロガネは死んだ。

それが何らかの方法で蘇《よみがえ》ったというなら、かつての彼とは異なる存在となっていても不思議ではない。

もしや、アオとクロのことを覚えていない、ということもあるのだろうか。だから島には戻ってこなかったのだろうか。

（確かめれば、わかる）

クロは屋敷の場所を聞き出すと、イチイを放り出してその場を後にした。


主を失ったその屋敷では、粛々と葬儀の準備が進められていた。

大層古く歴史を刻んできたであろう館ではあったが、寂れた門構えといい、あちこち傷《いた》んで補修もされていない様子といい、あまり力のある貴族ではなかったのだろう。

忙しく動き回る使用人たちは、主を失ったばかりの悲しみに包まれているというよりは、困惑と不安を抱えているようだった。これから一体自分たちはどうなるのか、と暗い顔をしている。心から主に忠誠を捧げていた者など、恐らくいない。

クロは彼らに一人ずつ声をかけ、金を渡して、ここに滞在していたというシロガネについて話を聞いて回った。

主が替われば職を失う可能性もある彼らは、クロの差し出す金を喜んで受け取った。使用人たちというのは、どこの世界も抜け目がないものだ。

「ええ、噂通りの銀髪の御仁でした。もうかなりのお歳《とし》のはずなのに、二十代くらいにしか見えませんでしたね。あれが不老不死の大魔法使いかと、私たちの間でもその話題でもちきりでしたよ」

「たまに、私たちにも魔法を見せてくださいました。さすが大魔法使い様、そりゃあ見事なもので。とっても茶目っ気のある魔法で、楽しかったですよ。旦那《だんな》様の馬をカエルに変えてみたり、庭一面に花を咲かせたり……」

「面白い方でしたよ。旦那様がシロガネ様をもてなすパーティーを何度も開かれたんですが、いつも皆の輪の中心でね、人を楽しませるのが得意な方で。特に御婦人方に取り囲まれてましたねぇ。ここだけの話、シロガネ様がとある貴婦人と二人で庭に消えていくのを、私見たんですよ……」

「あの従者は、正直いけ好かなかったね。シロガネ様が旦那様に気に入られているのを笠に着て、俺たちにも偉そうで」

シロガネと一緒にいた男とは、一体誰なのだろう。

（なんで俺やアオじゃなく、ほかのやつといるんだよ）

それが一番、気に食わない。

「シロガネやその従者と、特に親しくしていた人などはいなかったんですか？」

そう尋ねると、使用人たちは首を横に振った。

「パーティーの時以外、シロガネ様は大抵部屋に籠《こ》もってましたからねぇ。何かの研究をなさっているとかで」

そんな中、従者を夜によく見かけた、と語る下僕を見つけた。

「あの従者は夜になると、いつも外に遊びに出かけてたよ」

「どこへ行っていたか、わかりますか？」

「そこの角を曲がって坂を下っていくと、ミクリ通りに出る。おおかた、そこに気に入った店があったんだろ」

あんたも行ってみたら、と下僕は含みのある笑いを浮かべた。

手がかりを求めて、話に出たミクリ通りへと向かう。

昼間だというのに妙に薄暗く、閑散《かんさん》としていた。ずらりと並んだ店は、まだどこも開いていない。

二階の窓がひとつ開いて、女が顔を出した。ひどく薄着で、胸元も露《あらわ》なしどけない恰好《かっこう》だ。気だるげに欠伸《あくび》をしていた女は、クロに気がつくと、あだっぽく微笑《ほほえ》み誘うように手を振った。どう見ても素人《しろうと》ではない。

それでクロは、従者が夜な夜な遊びに行っていたという意味を理解した。

(このあたりは、どれも娼館《しょうかん》か)

さらに進み、一軒の酒場を見つけて中に声をかけた。不愛想な店主が顔を出し、「開けるのは日が暮れてからだよ」と迷惑そうに追い払おうとする。

「少し聞きたいんだが、このあたりで魔法使いシロガネとその従者を見たことはあるか?」

「シロガネ? ああ、追われてるらしいな。あんた、兵士かい? 面倒はごめんだよ」

「いいや。俺の主が、不老不死の薬を欲しがってるんだ。ところが魔法使いは姿を消したっていうじゃないか。どこへ行ったのか探しているんだ。知っていることがあれば、なんでもいいから教えてほしい」

いくらか金を握らせると、店主は少し考えるようにして口を開いた。

「従者のほうは、よく見かけた。うちでも何度か飲んでいったよ」

「その従者が、誰かと会っている様子は?」

「俺はシロガネの従者だ、っていつも自慢していたから、自然と周りに人だかりができていたけどね」

「特に懇意《こんい》にしている相手は、いなかったか?」

「そりゃあ、いたさ」

「誰だ？」

店主は可笑《おか》しそうに笑った。

「このあたりで仲良くするなら、女に決まってるだろ。この先にある『女神の館』って娼館に、売れっ子がいてね。一番高いその女を、金にあかせて独り占めしてるって、散々自慢してた。うちで飲んだ後、その足で店にしけこんでたよ」

それ以上何の情報も得られず、クロは酒場を後にした。

（つまりそいつは、夜の街で酒を飲んでは己の自慢話をして優越感に浸り、あとは女と遊んでいただけってことか……）

シロガネの居場所を知りたいというのに、何の手がかりにもならない情報だった、とクロは苛々《いらいら》と髪を掻《か》きまわした。

それでも念のため、『女神の館』へと足を向けた。毎日のようにともに夜を過ごしたであろう娼婦に対し、何がしかシロガネのことを漏らしていないとも限らない。

この時間、当然店はまだ閉まっていたので裏口に回った。うらびれた細い路地に面した扉を叩くと、女中らしき女が顔を覗《のぞ》かせる。

「主人はいるか」

めた。

を羽織っただけの恰好で、目元のほくろが艶《つや》っぽい。彼女はクロに気づくと、つと足を止
　怪訝《けげん》そうな女中の後ろを、いかにも娼婦という風情《ふぜい》の女が横切っていった。薄いガウン
「……どちら様で？」

「あらぁ……」

　娼婦はわずかに息を呑んだ。

　上から下までクロを眺めまわすと、うふふと笑う。こちらへやってきたと思うと、女中
を「下がってな」と邪魔そうに追い立てた。

「まだ店は開いてないのよ。でもお兄さんなら、特別に私の部屋に入れてあげてもいいわ
ぁ」

　しなだれかかってきた女を、クロは鬱陶《うっとう》しそうに引き剝がす。

「主人に話を聞きたいだけだ」

「あら、どんなお話？　もしかして、誰かを身請けしたいとか？」

「ここに最近、魔法使いシロガネの従者がこの店に通っていたと聞いた。見たことは？」

「どうかしら……」

　女の白い手が、意味ありげにクロの肩にかかる。そのまま、つつ、と首筋を撫《な》でた。

「部屋で二人きりになったら、思い出すかも」

手を引こうとするので、クロは舌打ちする。

「おい――」

「何してんだい！　勝手に客をとるんじゃないよ！」

奥から出てきた人影が、娼婦を叱りつけた。

この店の女将《おかみ》だろう。かつては自身も娼婦であったことは間違いなく、歳を取ってもなお退廃的な色香を漂わせている中年の女だった。ただしその身体《からだ》はでっぷりと太って、色気より重みを感じさせる。

「お話し相手をしていただけよう」

「下がってな！」

「お兄さぁん、また遊びに来てね」

娼婦は残念そうにクロに流し目を送ってから、言われた通りに姿を消した。

「まだ営業前だよ。夜に来ておくれ」

「客じゃない。人を探してるんだ。魔法使いシロガネの従者が、この店に来ていただろう。どの女が相手を？」

「女が欲しいなら、開店してから金を持っておいで」

「話が聞きたいだけだ」

女将は含みのある笑みを浮かべ、わからない子どもに言い聞かせるようにむっちりとした腕を組む。

「あのねぇ、兄さん。うちの子たちの身体は、ただじゃないんだよ。大切な商品だ。話を聞くだけだろうが、服を脱がせようが、それはお客の自由だ。ただしそれは、店が開いてる時間に、金を払えばの話なんだよ。——さぁ、出直してきな」

容赦《ようしゃ》なくぴしゃりと追い出され、クロはため息をついた。揉めて目立つのも本意ではないので、仕方なく、日が暮れるのを待つことにする。

やがて夕闇《ゆうやみ》が迫り、『女神の館』の入り口に明かりが灯《とも》された頃、今度は正面から客として足を踏み入れた。

「これで文句はないだろ」

むすっとして金を出すクロに、迎えた女将は可笑しそうに笑った。しかしこちらの求めるものはきちんと覚えていたようで、

「うちの一番の売れっ子がご所望ね？」

と部屋に案内してくれた。かなり多めに金を積んだのも、効果があったに違いない。

通されたのは、ベッドと椅子《いす》が置かれただけの小さな部屋だった。目的の明確な場所で

ある。

しばらく待つと、ナナという娼婦が現れた。売れっ子というのも頷《うなず》ける美人で、その豊満な身体もさぞ男を満たすだろうと思われたが、服を脱がそうと伸びてきた手をクロは容赦なく払った。

「最初に言っておくが、俺は話が聞きたいだけだ。すぐに帰る」

女は目を丸くしたが、そういう遊びなのかと思ったのか、笑って「いいわ」とベッドにしどけなく腰掛けた。

シロガネの従者のことを尋ねると、ナナは誘うように足を組んで、クロに微笑みかけた。

「ああ、あの人ね。この間まで、毎日のように来てたわ。金払いのいい客だったけど、それだけよ」

「行きそうな場所に心当たりは？」

「そんなの、わかんないわ」

肩を竦《すく》めて、ベッドの脇にある香炉《こうろ》に火をつける。甘い香りが、狭い部屋の中に一気に溢《あふ》れて広がった。

「じゃあ何か、屋敷の主について、あるいは魔法使いについて話していたことはないか？」

「魔法使い……ああ、シロガネ様ね。私もシロガネ様に不老不死の薬が欲しいって頼んでみたけど、だめだったわ。とても数が少なくて、ものすごーく高いんですって」

クロは思わず身を乗り出す。

「シロガネに会ったのか!?」

「一度だけね。二人で連れ立ってきて、女を四人指名して朝までお楽しみだったわよ。大魔法使いといっても、ただの男よねぇ」

ナナは長い金髪を掻き上げながら、くすくすと愉快そうに肩を揺らす。

(シロガネが娼婦を……?)

いつも島に籠もっていたから女っ気の欠片《かけら》もなかったため、ひどく意外に思えた。それでも時折一人で大陸へ出かけることはあったから、クロが知らないだけで、もしかしたらこうした場所で遊んでいたこともあったのかもしれない。

「どんなふうに遊んでいったか、教えてあげましょうか」

女がにじり寄ってきて、クロの胸元に手を添わせた。クロは顔をしかめ、両手を摑んで引き剝がす。

「二人はどんなことを話してた?」

残念そうな女の目には、ただ職業柄誘惑してやろうという以外の、確かな陶酔と情欲の色が浮かんでいる。

竜族が人型を取る時、多くの人間はその美しさに惑わされたという。

クロは自分の姿が女を惑わしていると自覚しながらも、それが厭《いと》わしくて仕方がなかった。

「そうねぇ……」

うっとりとクロを見返しながら、ナナは口を開く。

「次はどこへ行こうか、って話してたけど。そう長くここにいるつもりはなかったみたいね」

「具体的に、どこへ行くかは？」

「さぁ、決まってはいなかったみたいよ。とにかくずっと退屈な島に籠もっていたから、しばらく羽を伸ばしたいってぼやいてた」

「…………」

「ねぇ、あとは服を脱いでお話ししない……？」

迫ってきた女の赤い唇を避け、クロは身を翻した。

無言で部屋を出ていくクロに、ナナは「本当にもう帰るの？」と追いすがったが、クロはすげなく彼女の手を振り払った。

（退屈な島……）

娼館を飛び出して路地を足早に抜けながら、クロは鋭く舌打ちした。

シロガネは、戻ってきたら真っ先に自分たちのもとへやってくるものだと思っていた。そうしてまた、ともに暮らすのだと。

「……シロガネの馬鹿《ばか》野郎」

（あんな女たちと遊んでいるほうがいいのかよ。くそっ、誰がお前の留守を守ってやってると思ってんだ！）

今度会ったら、絶対にぶん殴ってやろうと思う。

シロガネはもうとっくに、この国を出たのかもしれなかった。魔法を使えば一瞬だろう。

（どこに行ったんだ、くそっ……）

ふと、クロは足を止めた。

警戒し、わずかに身を緊張させる。

誰かに見られている。

クロはポケットに手を突っ込み、何気ない様子を装って歩き始めた。すると少し間隔を開けて、誰かが後をついてくるのを感じる。

間違いなく、つけられている。

発せられている剣呑《けんのん》な雰囲気は、明らかにこちらに対して害意を抱いていることが窺《うかが》えた。

徐々に足音が近づいてくる。物盗《と》りか、とわずかに身構えた時、突然目の前に人影が現れた。

途端に見えない力に翻弄《ほんろう》され、クロの身体は宙を舞った。壁に背中から叩きつけられ、クロは息を詰める。

（魔法……！）

倒れこんだクロは相手の顔を見ようとしたが、後ろから強い力で押さえつけられた。今度は魔法ではなく、武骨な手だ。

ぐっと顎《あご》を掴まれると、クロを覗き込んだ男が声を上げた。

「やっぱりだ、こいつ、終島《はてじま》にいたあの男だ！」

クロを押さえつけているのは、黒髪の若い男。

そしてクロに魔法を向けた人影が、じっと彼を見下ろしている。大きなフード付きのローブに身を包んだ魔法使いと思《おぼ》しき人物は、低い声で問いかけた。

「――シロガネの使用人だな？」

クロは、シロガネの使用人と呼ばれるのが嫌いである。一緒に暮らしてはいたが、決してシロガネに従属していたわけではないし、仕えてもいない。

「……雇われた覚えはねぇ」

「絶対そうだ。忘れねぇよ、この顔！　馬鹿にしたみたいにこっちを見下ろして、『魔法使いは留守にしております』の一点張りだったやつだ！」

男が、吐き捨てるように言った。

その口ぶりからするに、どうやら終島に来たことがあるらしい。しかし、迷惑な来訪者たちの顔などいちいち覚えていないので、記憶にまったくない。

「シロガネはどこだ？」

魔法使いが、クロに問いかける。

顔の見えない相手を睨みつけたまま、クロは口を噤《つぐ》んだ。

(何者だ？　どうして魔法使いがシロガネを探す？)

「シロガネの居場所を教えろ。おとなしくしていれば、これ以上傷つけるつもりはない」

「……シロガネを見つけて、どうするつもりだ。捕らえて罪に問うのか？」

すると男は、とんでもないというように両手を広げた。

「まさか。俺は、彼の理解者だよ」

「理解者？」

「不老不死を追い求めた彼の気持ちが、俺にはわかる。俺は誰より、彼のよきパートナーとなれるんだ。ところが、彼はなかなか人前に姿を見せない。島を訪ねた者たちも門前払い……彼の隣に並ぶには、普通のやり方じゃだめなんだ。だがこれが彼が課す試練だというなら、俺はそれを乗り越えよう。彼に会いたいんだよ。だから協力してほしい。——シロガネはどこにいる？」

クロを押さえ込む男の手が、首にぎりぎりと食い込んだ。

何が協力だ、とクロは勢いよく身を捻《ひね》り、男に肘《ひじ》打ちを喰《く》らわせてやる。相手が怯《ひる》んだ隙《すき》に体勢を入れ替え、さらに一発殴りつけた。男は仰《の》け反って倒れこむ。

魔法使いが、さっと杖をクロへと向けた。突然、クロの身体は自由が利かなくなり、がくりと膝《ひざ》をついてしまう。

（くそ、魔法使いが相手じゃ分が悪い……）

人間の姿では限界があった。しかし、ここで竜に変化すれば人目につきすぎる。不特定多数に目撃されれば、呪いをかけて口を封じるのも不可能だ。

「シロガネに会いたいんだ。俺を、シロガネのところへ連れていってくれればいい」

「お前みたいな下の下の魔法使いに、シロガネが会うもんかよ」

顔めがけて、思い切り蹴《け》りつけられた。

口の中に血の味が滲む。

こういう時に魔法ではなく自分の手足を使うあたりが、この魔法使いの品性の程度を感じさせた。

黒髪の男が恨めし気に起き上がって、動けないクロをさらに蹴りつけた。いきりたって興奮している男を宥《なだ》めて、魔法使いはクロに語りかけた。

「気は変わったか？」

「………………」

クロは相手を睨んだまま、何も答えない。

魔法使いは小さく舌打ちして、傍《かたわ》らの男に言った。

「……まぁいい。こいつを餌《えさ》に使おう」

「餌？」

「こいつの命と引き換えに、シロガネをおびき出すのさ」

クロは思わず声を上げた。

「はぁ？　ふざけんな！」

「シロガネは、必ず近くにいるはずだ。絶対に来る」

冗談じゃない、とクロは毒づいた。

自分が捕らわれたことでシロガネが誘い出されるなんて、さらに言えば、それで万が一シロガネに助け出されるなんてみっともない真似は、絶対にごめんだった。

「くっそ、絶対嫌だ！　そんなことになったら、あいつがどんだけドヤ顔すると思ってんだ！　向こう何年もそのネタでいじられる……！」

クロはじたばたと身を捩《よじ》ったが、手も足も自分の意志では動かない。

魔法使いは「こいつを運べ」と指示すると、その場から立ち去ろうとする。黒髪の男が、クロに手をかけた。

ところが、男の身体は突然突風にあおられたように、背後の壁に向けて吹き飛んだ。

「!?」

壁に跳ね返り、血を吐いて倒れる。魔法使いはぎょっとして後退った。

身体が動かず首だけめぐらせたクロは、見慣れた小さな人影が路地の向こうに立っていることに気がついた。

金の髪の少年が、いつになく硬く暗い表情を浮かべている。

底冷えするような冷酷な目で、ヒマワリは魔法使いを睨みつけた。チカチカとした光の粒がその身体の周囲に溢れ出し、弾けては瞬《またた》く。彼の身の内に滾《たぎ》った魔力が、目に見える形で噴き出しているのだ。金の髪がその光を受けて、一層輝きを放ち生き物のごとく揺れている。

悲鳴が上がった。魔法使いの右腕が、突如《とつじょ》として粘土のごとくぐにゃりとねじ曲がったのだ。彼は杖を取り落とし、絶叫して痛みに悶絶《もんぜつ》する。

すると今度は、その身体がぐんぐんと宙へと浮きあがっていった。悲鳴を上げながら一気に突き上げられたと思うと、今度は急に引き寄せられるように恐ろしいスピードで落下した。轟音《ごうおん》を上げて地面に叩きつけられた身体が、毬《まり》のように反動で跳ね上がる。

魔法使いは勢いのままごろごろと転がり、そのまま動かなくなった。

人気《ひとけ》のない路地は元通り、暗がりの中でしんと静まり返った。

「クロ！」

駆け寄ってきたヒマワリが、クロに飛びつく。

小さな手が触れた途端、見えない鎖で縛《いまし》められていた身体が、ふっと楽になる。かけられていた魔法が解けたのだ。

確かめるように手足を動かし、自由になった身体を起こす。困惑しながら、自分に抱きついたヒマワリを見下ろした。

「お前なんでここに……アオは？　一緒か？」

ヒマワリはクロにぎゅっとしがみついたまま、小さく頭を振った。

先ほど魔法使いが落下した地点は、穿《うが》たれたように深い窪《くぼ》みができていた。血まみれの二人は、壊れた人形のように倒れ伏したままだ。

クロはその惨状《さんじょう》を改めて確認し、ぐっと息を詰めた。

（ヒマワリがやったのか？　今のを、全部？）

ひやりとした。

ついこの間魔法を覚えたばかり、しかも独学でまともに修業もしていない子どもに、これほどのことができるのか。

生まれ持った才覚なのか、あるいはモチヅキが魔法についての知識や情報を与えたことで理解度が深まり、能力がさらに引き上げられたということかもしれない。

「ねぇ、あれがシロガネ？」

ヒマワリの視線の先には、先ほど彼が容赦なくぶちのめした魔法使いが襤褸雑巾《ぼろぞうきん》のように転がっている。仰向けになって白目を剝《む》いている彼は、被っていたフードが外れて顔が露になっていた。

零《こぼ》れ落ちるように地面に散った髪は、銀髪。

だが、キラキラしたものに目がないクロには一目でわかる。それは、明らかに染めたものであって、地毛ではなかった。

「違う。全然知らないやつ」

「じゃあ、シロガネは？　この国にいるんでしょ？」

「お前、なんでそんなこと知ってんだ？」

「島に来た魔法の塔のシンモンカン、って人たちが言ってた。この国で、シロガネが悪さしてるって」

「審問官だと……？」

　審問官は、魔法の塔に所属する職員のことだ。彼らもまた魔法使いであり、同族である魔法使いを審議し裁く、特殊な権限を持つ連中である。

「すごく怖い感じの人たち。いきなり玄関まで入って来たんだよ」

「シロガネを裁くつもりなのか？」

「事実を確認するためだ、って。それで、クロがシロガネと一緒にいるって、そいつらが話しているのを聞いたんだ。だから、だから僕……」

　ヒマワリは口籠もって俯《うつむ》く。

「俺が一緒？」

「使用人の、黒髪の男が一緒だって言ってた」

　クロは呻《うめ》いた。

「俺じゃねぇよ！　くっそ、紛らわしいことしやがって！　髪の色ひとつで勘違いされたらたまったもんじゃ……」

言いながらふと、倒れている二人の姿に目が吸い寄せられた。

（銀髪の魔法使いに、黒髪の従者……？）

クロは銀髪の男に近づくと、「おい」と声をかけた。しかし反応はない。

仕方なく、肩に手をかけ身体を揺すった。

「おい、起きろ」

「……うう……」

「起きろ！」

面倒くさくなり、胸倉を掴み上げ思い切り頬《ほお》を引っぱたいてやる。

「おいこら！　この国に現れた大魔法使いシロガネってのは、もしかしてお前のことか⁉」


その後、意識が朦朧《もうろう》とする男をなんとか喋《しゃべ》らせて聞き取った内容は、こうである。

どうにかして不老不死の秘術を手に入れ、自《みず》らも名を挙げたいと野心を滾らせていたこの魔法使いは、以前終島へ行ったことがあるという傭兵《ようへい》崩れの男と偶然出会い、手を組んだ。

シロガネは島から滅多に出歩かず姿も見せないため、近づくことは容易ではない。そう聞いた彼は、逆にシロガネをおびき出すことを考えたのだった。

自ら髪を銀髪に染めてシロガネを騙《かた》り、適当に煎《せん》じた薬を不老不死の秘薬と偽《いつわ》って金持ちたちに売り捌《さば》く。そのうちに、薬が偽物だということは必ず発覚するだろう。そうしてこの噂が広まれば、信用を失い不利益を被《こうむ》る本物のシロガネが黙ってはいないはず、必ず姿を現すだろうと踏んだのだ。

計画は順調に進んだ。シロガネの顔を知る者は、滅多にいない。それらしく振る舞えば、皆あっけないほど簡単に大魔法使いと信じこんだという。

何より、不老不死の秘薬という魅惑の代物《しろもの》に、誰もが惑わされたのだ。

そうして人々を騙《だま》し莫大《ばくだい》な金品を受け取るようになると、二人は有頂天になった。それまで見たこともないような大金だ。もはや本来の目的は、だいぶ霞《かす》んできていた。

だがそんな中、問題が起きた。

彼をシロガネだと信じて屋敷に招いた例の貴族が、二人がこの企《くわだ》てについて話しているのを偶然聞いてしまったのだ。自分が招き入れたシロガネが偽者と知った彼は、二人を責め立て、すぐに訴え出ようとした。

二人は仕方なくその口を封じ、慌《あわ》てて身を隠した。

彼らの逃亡に協力したのは、娼婦の女であった。どうやら先ほどクロが訪れた娼館にその女はいたらしく——恐らく、昼間に出会った目元にほくろのある娼婦だ——彼らについて話を聞きに来た怪しい男がいる、と知らされたという。

何者なのかと警戒し密かにクロの後をつけたところ、それが終島にいた男だと気づいた——と、そういうことらしい。

「何が大魔法使いだ……不老不死の魔法を編み出したなら、その知識を広く共有すべきじゃないか。だがやつは独占して手放そうとしない。どうせ裏で、一部の金持ちに高値で売りつけているに決まってる……！」

魔法使いは血反吐《ちへど》を吐きながら、憎々し気に喚《わめ》いた。

「あーそうかよ」

クロはさっきやられた仕返しに、思い切り顔を蹴りつけてやった。

偽シロガネはそのまま、再び意識を失った。

シロガネ捜索の指揮を執っていたイチイは、意識を失った血まみれの男二人を引きずって突然現れたクロに驚愕《きょうがく》した。

この二人こそが件《くだん》の殺人事件の犯人であり、シロガネを騙った詐欺《さぎ》師であると説明すると、彼は首を捻った。

「偽者だと？　では、本物のシロガネではないというのか」

「似ても似つかねぇな。髪は染めてるだけだ。水ぶっかけて洗ってみろよ」

「しかし、本当にこの者たちが犯人に間違いないのか？」

「犯行は自白した。面は屋敷の使用人に確認すればいい」

イチイはすぐに使用人たちを呼びにやって、「確かにお屋敷に滞在していたシロガネ様とその従者です」という証言を得た。

「こいつは魔法使いだから、魔法の塔に照会すれば身許《みもと》は割れるだろ」

「では、シロガネが売り捌いていたという不老不死の秘薬というのは」

「適当に煎じたものらしいから、飲まないほうがいいぜ」

「なんと……買い取った者たちにすぐ注意喚起しなければ」

部下に指示を出したイチイは、いまだ恐々とした面持《おもも》ちながらもクロに向き合った。

「感謝する、ええと……」

何と呼べばいいのか、と戸惑っているらしい。

そういえば、名前を名乗ったことがなかった。

「……クロだ」

名乗る度に、犬のようだと思われる気がして少し躊躇《ためら》う。

しかしイチイは、笑うことはなかった。

「クロ殿。この件は陛下に報告し、必ず恩賞を――」

「やめろ。俺の存在は絶対に口にするな。こいつらはあんたが捕まえたことにしておけ」

「しかし、それでは」

「あんた、子どもはいるのか？」

「む？　ああ、息子と娘がいるが？」

何故そんなことを、と言いたげだ。

「じゃあ、お前が俺のことを誰かに告げたら、その時はお前の子どもたちが死ぬことになる。――わかったな？」

呪いの言葉を吐く。

将軍はぞっとしたように青ざめた。

「子どもは、関係ないだろう……！」

「じゃあな」

「ま、待ってくれ！」

去ろうとするクロに追いすがって、イチイは尋ねた。

「その……あの方は……まだ島に？」

ぎろりとクロが睨みつけると、彼は固まって震えた。

「お前の探す相手は死んだ。——だろう？」

こくこくと頷く将軍を置いて、クロはその場を離れた。

少し離れた建物の陰《かげ》で待たせていたヒマワリは、クロの姿を見るとぱっと表情を明るくした。念のため頭からクロの上着を被せて、顔を隠してある。

「帰るぞ」

「うん！」

駆け寄ってきて、嬉しそうにぎゅっとクロの手を握る。

クロはため息をついた。今ここにヒマワリがいると知ったら、あの将軍はどんな顔をするだろう。

(早くこんな国、ずらかろう)

「もう二度とこんなことするんじゃねぇぞ。黙って島から出るな。今頃アオのやつ、相当心配してるんじゃねーか」

「うん、ごめんなさい」

「それと、外では絶対に魔法は使うな」

魔法使いの血筋とわかれば、そこから遡《さかのぼ》って身許が割れる可能性もある。何より、誰の弟子にもならず放置されている魔法使いの存在が知れれば、魔法の塔が黙っていないだろう。

「誰かに見られたら、もうあの島にはいられなくなるかもしれないぞ」

ヒマワリはさっと顔色を変えた。

「やだ！」

「じゃあ、約束しろ。外で魔法は使わないな？」

「うん」

「代わりに島の中に限っては、ある程度魔法を使うことを許す」

「！　本当？」

「ただし、俺かアオの目の前でだけだ。いいな？」

無理に抑え込もうとしても、もはや勝手に覚えて使い始めるに違いなかった。それならば、目の届く場所でやらせるほうがマシだ。

「うん！」

（いつまでもこいつを島の中に隠しておくことは、できないかもしれない……）

シロガネが帰ってくれれば、ヒマワリを弟子にしてはどうかと頼むつもりだった。しかし、それもいつになるかわからない。

魔法使いには魔法使いの世界がある。その枠組みから外れれば、生きにくいに違いない。なにより、独学で魔法を振り回し続ければどんな危険があるかわからない。教え導く者は、必ず必要になるだろう。

ヒマワリはうきうきとした足取りで、クロの腕にぶら下がるように歩いていた。なんの躊躇《ちゅうちょ》もなく人を二人血祭りにあげた冷酷さが嘘だったように、その姿は子どもらしくあどけない。

「ねえ、モチヅキ大丈夫だった?」

「待遇は改善されたはずだ。もう肩身の狭い思いはしないと思うぜ」

「本当!?　よかったー」

ほっとしたように、ヒマワリが眉を下げる。

こうやって人を思いやるところは、ちゃんとあるのだ。そのことに、クロは密かに安堵《あんど》する。

人を傷つける魔法など、できる限り使ってほしくはなかった。

「アオにお土産《みやげ》買って帰ろうよ」

「土産なぁ……」

「あ、チョコは!?　僕のチョコ！」

すっかり忘れていた。クロは顔をしかめる。

「しっかり覚えてんだな、そういうのは。わかったよ、買いに行くか」

「あのね、僕ね、キャラメルのと、苺《いちご》のがいい！」

「本屋にも寄ってくか。アオには売れ筋の小説をいくつか見繕《みつくろ》ってけば、喜ぶだろ」

買い物中、ヒマワリはいつになく上機嫌であった。

本屋では率先してアオに買っていく本を選び、ちゃっかりと自分用の絵本もその間に滑り込ませた。件のチョコレート店には想像以上の種類が溢れていて、ヒマワリはあれもこれもと散々悩んで、十種類の味が楽しめるという触れ込みの詰め合わせの大箱と、すぐに食べる用にとばら売りのチョコレートをいくつか籠《かご》に入れる。

店を出るとヒマワリは早速、赤い包み紙を開いて苺味のチョコレートを食べ始めた。

「食べ過ぎるなよ。夕飯入らなくなるぞ」

「クロ、あれすごいよ！」

こちらの話を聞いているのかいないのか、いきなり駆け出す。

目の前には石畳《いしだたみ》の広場が広がっていて、巨大な噴水が盛大に水しぶきを上げていた。周囲では人々や荷車がせわしなく行き交い、子どもたちが噴水の近くで楽しそうに駆けまわっている。

ヒマワリは噴水の縁に飛びつくと、手を差し出して水に触れたり、弾いたりした。その度に、きゃっきゃと楽しそうな声が上がる。

飛び散る水が、陽光に触れて七色に瞬いた。

「ヒマワリ、もう帰るぞ」

「待ってー！　もうちょっと！」

近くで遊んでいた子どもたちの輪にあっさり加わると、ヒマワリは一緒になって身を乗り出しては噴水の中を覗き込み、何やら可笑しそうに笑い合っている。

クロはため息をついて、近くにあったベンチに腰掛けた。どっさり買いこんだチョコレートや本の入った袋を傍らに置くと、足を投げ出してふうと息をつく。

なんだか妙に、気が抜けてしまっていた。

（結局、シロガネはいなかった……）

シロガネが現れたと聞いて、我ながら随分《ずいぶん》と期待していたらしい。

その分だけ、失望も大きかった。

結局見つけたのは、しょうもない偽者だけだ。

（いつになったら、帰ってくるんだよ）

クロの寿命は長いし、アオも故障しない限りは稼働し続けるだろう。だから二人とも、数百年単位で待つことだって厭わない。

それでも、できることなら、早く戻ってきてほしいのだ。

「……俺たちが長生きだからって、ちんたらしてんじゃねーよ」

思わず、小さく呟いた。

荷物を抱えた人夫が、汗をかきながら目の前を通り過ぎていく。次いで、どこかの使用人らしい女が横切り、馬車が行き過ぎた後には年若い青年が四人、肩を並べて笑いさざめき颯爽《さっそう》と連れ立っていった。立ち止まって話し込んでいる初老の男たち、従者を伴《ともな》った貴族、幼い少女を連れた幸せそうな一家――。

数えきれないほどの人間が目まぐるしく交錯し、喧騒《けんそう》がさざ波のように耳に響き続ける。

こんなに多くの人がいるのに、そこに、シロガネはいないのだ。

あと何年、何十年、何百年待てばいいだろうか。

その間に、人は死んで、また新たに生まれてくる。

そうして、ここで通り過ぎる人々を眺めているように、行き過ぎる人々を見送り続けるのだろう。自分はずっと、同じ場所から動かぬままで、置いていかれるのだ。

（いつまで、待てば……）

ふと気がつくと、いつの間にか目の前にヒマワリが立っていた。

心配そうな顔で、クロの顔を覗き込んでいる。

こちらを見つめるヒマワリの瞳には、やっぱり向日葵《ひまわり》が咲いている。真夏の明るい日差しを思わせるその美しい花弁のような輝きは、金の髪と相まっていつだってこの少年をキラキラと彩っていた。

その瞳の奥に、泣きだしそうな顔の自分が映っているのに気がついた。

恥ずかしくなってぱっと俯き、目を擦《こす》った。

するとヒマワリは、何も言わずに隣に腰掛ける。

ふと、頭に温かなものが触れた。

小さな手が、クロの頭を撫でている。

なんだろうこれは、と思う。

何故だかさらに、涙腺《るいせん》が緩みそうになった。俯いたまま、顔を上げることができない。

「クロ、これあげる」

そう言ってヒマワリは、緑色のチョコレートの包みをひとつ、クロの手に乗せた。

「これね、キラキラしてるの」

緑の包装紙は確かに、太陽の光を反射してキラキラと輝いている。

クロが輝くものが好きだから、これを見れば喜ぶと思ったらしい。

ヒマワリもひとつ、ポケットから取り出したチョコレートを口に放り込む。途端に蕩《とろ》けるような顔をして、足をぷらぷらさせた。

クロも無言で、包みを開いた。つやつやとした丸い粒をひとつ、手に取る。口に含むと、チョコレートの濃厚な甘みが口いっぱいに広がった。

「おいしいね！」

舌の上で溶けていくチョコレートを感じながら、行き交う人々を眺めた。

「……そうだな」

不思議ともう、置いていかれる、とは思わなかった。


「この井戸でいいか」

クロとヒマワリは人気の少ない路地裏の井戸の前に立ち、中を覗き込んだ。

来る時は船で長い道のりだったが、戻りは魔法で一瞬である。

クロがポケットから取り出したのは、小さな白い石。終島の石だ。

それを井戸の中に投げ入れてやると、光が溢れた。

これで、島の古井戸との道が繋《つな》がったのだ。魔法使いであればこんなことはせずとも道を開くことができるのだが、アオやクロが魔法の道を戻るには来た時と同じ形状のものを潜り抜け、なおかつもといた場所にゆかりの何かをそこへ放り込まなくてはならない。

「行くぞ、ヒマワリ。手ぇ放すなよ」

「うん！」

繋いだ手に、ぎゅっと力が籠もるのを感じる。

二人は井戸の縁に足を乗せると、一気に身を躍《おど》らせた。

光が視界いっぱいに溢れる。その光に身体が包まれる——と思った次の瞬間には、ぽんと井戸の外に弾き出された。

慣れているクロはひらりと着地したが、ヒマワリはバランスを崩して倒れそうになる。それを受け止めて支えてやり、やれやれ、と見慣れた古城を仰いだ。

彼らの島に、帰ってきたのだ。

すでに太陽は水平線の果てへと没し残光が薄暗い空に濃淡を描いていたが、窓に灯った明かりは彼らを待っているかのように、温かな光をくっきりと湛えていた。

「ただいまー」

二人が城へと入ると、雄叫《おたけ》びのような声がこだました。

「ひ、ひ、ひ、ヒマワリさん〜〜〜〜！」

居間を飛び出してきたアオが、全速力で駆けてくる。

「アオ……」

ヒマワリをがばりと抱きしめる。その力があまりに強すぎたので、ヒマワリはぐえっと変な声を上げた。

「ご無事でしたか、ヒマワリさん〜〜！　ああ、突然いなくなってしまって心配したんですよ！」

アオの身体はがくがくと震えていた。感情が迸《ほとばし》ると揺れ動く彼だが、ここまで激しいのは珍しい。

するとアオの後ろから、ひょいとミライが顔を出した。

「ミライ、来てたのか」

「もうさぁ、大変だったよ。アオがずっとこの調子で。いつオーバーヒートして止まっちゃうかと思うくらいガッタガタ揺れまくって……」

呆《あき》れたようにミライが肩を竦める。

するとアオが、ぴたりと動きを止めた。

そしてきゅっと表情を作り、眉を吊り上げる。

「――ヒマワリさん、俺は怒っているのです」

怒っていると言われ、ヒマワリはひくっと身を硬くした。

「黙って出て行くなんて、いけないことです。危ないめにあったり、怪我をしたり、何より……戻ってこれなくなったらどうするんですか！」

いつもはヒマワリに甘いアオの、こんな険しい顔も、こんな厳しい声も初めてだった。

本当に怒っているらしい。

「いいですか、二度とこんなことをしてはいけませんよ」

「……ごめんなさい」

ヒマワリはしゅんとして俯く。

アオはもう一度、ヒマワリを抱きしめた。

今度は先ほどとは違い、優しく愛《いと》おしむように腕を回す。

「無事で、本当によかったです」

ヒマワリはぎゅっとアオに抱きついた。

ようやく身を離すと、アオはいつもの優しそうな微笑みを浮かべてみせる。

「さて、お腹空いてませんか？　何か作りましょうか」

「あのね、アオにお土産あるんだよ」

「俺に？」

「僕が選んだの！」

　チョコやら本やらを両手に提《さ》げたクロは、

「とりあえず中入るぞ」

　と疲れたように促す。

「そうだ、クロさん！　シロガネが現れたと、魔法の塔から審問官の方々がいらっしゃいまして……」

「ガセだ」

「え？」

「偽者だ、偽者。シロガネを騙った詐欺師だ。今頃牢《ろう》の中だよ」

「ああ、やはりそうでしたか」

「なんだ、驚かないんだな」

「だって、おかしいじゃないですか。シロガネが戻ってくるなら、ここに現れるはずなのに。ここがシロガネの家なんですから。だからきっと何かの間違いだと思ってましたし、審問官の皆さんにもそのようにお伝えしてお帰りいただきました」

その確信のこもった言葉に、クロは苦笑した。

「そうだよなぁ……」

シロガネは必ず、ここへ帰ってくるだろう。

アオとクロが待つ、この島に。

「なぁなぁ、何があったんだ？　面白そうだから話聞かせてよ。俺、あと四時間あるからじっくりと！」

ミライが興味津々《しんしん》といった様子で尋ねる。

「わかったから、とりあえず荷物下ろさせてくれ」

「おっ、美味《うま》そうなチョコじゃーん」

「覗くな」

「アオにはね、本買ってきたの」

「本当ですか?」

「うん。えーとね、『グレンツェの指輪』。薔薇《ばら》騎士書いた人の新作だって」

「なんですって！　マダラメ先生の新作が出たんですか……！」

四人はわいわいと騒ぎながら、暖かな明かりの灯った部屋に吸い込まれていった。

「ふにゃらら〜ん、てってろり〜、むむにゃむ〜ん」

この夜、ヒマワリはずっとはしゃいでいた。

なにかとクロとアオにまとわりついて甘えるので、ミライに「赤ちゃん返りか？」とちゃかされたが、そんなからかいも気にしない。生まれたての子うさぎたちをクロの肩や頭に載せては、クロが変な顔で動けずにいる様子に笑い声を上げた。

ベッドに入ってもなかなか寝付けず、買ってきた絵本を読んでほしいとアオにせがんだ。アオはヒマワリ不在で心配した反動か、いつも以上に優しくて、ヒマワリが眠るまでずっと隣で本を読んで聞かせてくれた。

ベッドの中で、ヒマワリは満ち足りていた。

シロガネは、どこにもいなかった。

これからもこの島で、アオとクロと一緒に暮らすことができる。

それが、何より嬉しい。

そうして幸せな笑みを浮かべたまま、やがて安らかな寝息を立てたのだった。

六　ヒマワリの招待状

タジマが己の主《あるじ》のため、決死の思いで不老不死となる方法を探しに国を出てから、すでに一年余りが過ぎようとしていた。

まず向かった魔法使いシロガネの島では手ひどく追い返され、その後は大陸中を回って不老不死になるという薬や魔法を訪ね歩いた。しかしそのどれも、真に不老不死を得られるようなものではなかった。

つい先日、ヒムカ国にシロガネが現れたと聞いたタジマは、急いで彼のもとへと向かった。

そこでタジマを出迎えたのは、噂《うわさ》に聞く銀髪の魔法使い。不老不死の薬の代金として提示されたのは目玉が飛び出そうなほどの大金だったが、タジマは借金までしてなんとか都合をつけた。そうして彼はついに、不老不死の妙薬を手に入れることに成功したのだった。

ところが、である。

薬を手に意気揚々《ようよう》と国へ戻ろうとしていた矢先、あの銀髪の魔法使いはシロガネを騙《かた》る偽者であり、殺人と詐欺《さぎ》の罪で捕らえられたという知らせが飛び込んできた。彼が売り捌《さば》いた薬は、真っ赤な偽物だったのだ。

支払った金は、戻ってくることはなかった。

悲嘆にくれる日々を過ごしたタジマはしかし、諦《あきら》めなかった。

そうしてこの日、十か月ぶりに戻ってきた終島《はてじま》を船から見つめながら、彼は決意を固めていた。今度こそ、なんとしてもシロガネ本人に会って、本物の不老不死の薬を得るのだ。前回の反省を踏まえ、彼は例の砂浜には決して近づかなかった。島の住人は、そこからやってくる来訪者を重点的に警戒しているに違いないのだ。

タジマは船を、砂浜とは反対の東側へと向かわせた。そこは反り返るような絶壁が聳《そび》え立っているものの、遥《はる》かに見えるあの城には最も近い。シロガネは必ず、そこにいるはずだ。

この崖をよじ登り、密かに城の内部へと入り込む。そして、シロガネに直談判するのだ。注意すべきは、前回彼らを海へと放り出したあの男である。とんでもない膂力《りょりょく》を持つあの男に見つかった場合に備え、タジマはあるものを懐《ふところ》に潜《ひそ》ませていた。最新式の銃である。小型で持ち運びやすいそれは、一瞬で相手の胸を撃ち抜くことができる。出会い頭《がしら》に胸に撃ち込めば、どれほど剛の者であっても銃弾に倒れるはずだ。

本来であれば、こんな真似はしたくなかった。シロガネに説明し、説得し、報酬《ほうしゅう》を渡して協力を仰ぎ、快《こころよ》く応じてほしかった。だが前回のことで、どうやらシロガネは不老不死の秘術を己一人《ひとり》で秘匿し、誰とも分かち合うつもりはないのだということを思い知らされたのだ。

（もう、こうするしかないのだ）

シロガネを脅《おど》し、縄で縛ってでも王のもとへと連れていく。

今頃、主の病はさらに悪化しているに違いなかった。遠く離れてしまい知る術《すべ》もないが、もしかしたらもはや、その命が尽きようとしているかもしれない――。

タジマは決心して、崖に杭《くい》を打って登り始めた。

ここでもやはり、恐ろしい幻影や妨害が嵐のように襲ってきた。幾度も炎に巻かれ、茨《いばら》の蔓《つる》に絡めとられ、巨大な蜘蛛《くも》に喰《く》われそうになり、海へと落ちた。その度に態勢を立て直し、再び崖を登る。島を守る魔法はさらに厳しく、過酷になっている気がした。

だが、彼は決して諦めなかった。日が暮れるとわずかに船の上で仮眠をとり、朝日とともに再びこの試練に挑んだ。

そうして太陽が南に昇る頃、ついに崖の上へと到達したのだった。

最後の力を振り絞って、上半身を持ち上げる。

目の前に大きく迫る城が見えた。その手前には、手入れの行き届いた美しい庭が広がっている。

やった、と思った瞬間。

ふいに人影が現れた。

どきりとしたが、しかしすぐにそれが小さな子どもだと気づいた。

ぱたぱたと走ってやってきた金の髪の少年が、タジマに気づいて驚いたように立ち止まる。

まずい、と思った。

きょとんとした顔で彼を見つめる少年が、突然叫び出さないだろうか。

ここで誰かを呼ばれては困る。

一瞬、彼は躊躇《ためら》った。

胸元に潜ませた銃を取り出そうか。しかし、年端も行かぬ子どもにこれを向けるのか。

タジマが逡巡《しゅんじゅん》しているうちに、少年はひやりと冷たい視線をこちらに向けた。あどけなかった表情が、一瞬のうちに驚くほどの冷酷さを滲《にじ》ませる。

小さな舌打ちが聞こえた。

そのあまりの豹変《ひょうへん》ぶりに、タジマは思わず目を疑う。

彼のひとさし指が、すうっとタジマに向けられた。

「――消えろ」

声変わり前の、高い声音《こわね》。

途端に、身体《からだ》が崖から引き剝がされ、宙に浮いた。

空中に留められたまま、タジマはもがいた。少年の、容赦《ようしゃ》のない残酷な視線を感じる。

胸が苦しい。見えない手に握りつぶされているような痛みが走った。

息が、できない。

（殺される……！）

胸を掻《か》きむしりながら血を吐いたタジマは、死を覚悟した。

そのまま彼は、引きずり込まれるように海へと落下した。

「………！」

落ちていく時間は、妙にゆっくりと感じた。

タジマは薄れゆく意識の中で、微《かす》かに思考を巡らせた。

これは魔法だ。あの少年は、魔法使いに違いない。

（まさか、あの子どもがシロガネ……？）

彼の意識は、そこで途絶えた。

海に沈んだ彼はその後、仲間によってなんとか船へと引き上げられたが、もう二度とこの島を訪れることはなかった。

タジマはその後、さらに旅を続け、不老不死の薬といわれる果実を携《たずさ》え母国へと帰還した。しかし、彼の仕える主はその頃、すでにこの世の人ではなくなっていたのだった。

ヒマワリはきょろきょろとあたりを見回し、誰もいないことを確認した。

アオは買い出しで城を出ているし、クロは居間で昼寝中だ。

やるなら、今しかない。

シーツに包んだ荷物を背中に背負って、足音をさせないよう自分の部屋を出る。そのまま庭の、一番大きな木の下へと駆けていった。枝葉は大きく広がった屋根のように伸びていて、その下に立つとすっぽりとテントに覆《おお》われているようだ。

ここがいい、とヒマワリは荷物を下ろした。

二人に気づかれないよう、準備を進めなくてはならない。再び城へ向かって駆け出す。運び出すものはほかにもあるのだ。

その途中、視線を感じてヒマワリは足を止めた。

見れば、東の崖の向こうから一人の見知らぬ男が顔を出している。

濡れた髪が額《ひたい》にへばりつき、ぜえぜえと肩で息をしながら、驚いたような苦悶《くもん》の形相でこちらを凝視していた。

ヒマワリは、ひどく不愉快になった。

どうせまた、不老不死を求めてやってきた招かれざる客だろう。厚かましくも、島の上まで入り込んできた侵入者。アオが不在だから、すぐに検知できなかったのだ。

アオとクロと、そしてヒマワリが暮らすこの島の平穏と、そして今からヒマワリが行おうとしている秘密の計画を邪魔する者。

思わず、小さく舌打ちする。

魔法は、アオとクロの前以外では使わないと約束した。

(でも、これは例外でしょ)

ヒマワリは見えない扉を開き、魔法をその身の内に溢《あふ》れさせた。

「——消えろ」

男の心臓を見えない糸で縛り上げる。苦しみ悶《もだ》える中、そのまま海へと突き落として沈めた。

死なない程度にしておいたが、そのまま放っておけば死ぬだろう。仲間がいれば助けてもらえるかもしれないが、そこまで興味はなかった。

「おーい、ヒマワリ」

振り返ると、庭の向こうからミライが手を振りながら近づいてくる。

「ミライ。今来たの?」

「うん。――なんだ、何かあったか？」

ぼんやりと崖の縁《ふち》に突っ立っているヒマワリに違和感を抱いたようで、ミライは訝《いぶか》しそうに尋《たず》ねた。

「ううん、なんでもなーい」

くるりと崖に背を向けて、ヒマワリはにこりと微笑《ほほえ》んでみせる。

「ちょうどよかった、ミライ！　ちょっと手伝ってよ」

「何を？」

「テーブル運んでほしいの。あっちの木の下に」

「えー、俺、肉体労働には向いてないんですけど」

「アオとクロには内緒にしたいの。お願いー」

「内緒って……お前、なんか変なこと企《たくら》んでるんじゃないだろうな」

「違うよー。ねえ、早く！」

せかすようにミライの服を引っ張る。今日はモスグリーンのシャツに、ゆったりした黒いズボンという恰好《かっこう》だ。

「わかったよ。どのテーブル？」

「あっちの！　音立てないでね、そうっと運んで！　クロが寝てるから、絶対起こしたらだめだからね！」

「注文多いな」

ぶつくさ言いながらもミライはテーブルを運び出してくれて、ヒマワリが指示した通り木の下に置いた。

「あと、椅子《いす》を二つお願い」

「まだあんのかよ。人使い荒いわー」

渋い顔をしつつ椅子を運んだミライに、ヒマワリは礼を述べた。これで、あとは自分で準備を済ませればいい。

「ミライ、もう一個お願いあるの」

「えー、もう重いものは持てないぞ。疲れた」

「違うよ。アオとクロに、これ渡してきて」

ヒマワリはそう言って、白い封筒を一通手渡した。

（なんなんだ、これ？）

ミライは首を傾《かし》げながら、受け取った封筒をポケットに入れて一人、城へと戻っていった。

「おやミライさん。こんにちは」

買い出しから戻ったばかりらしいアオが、荷物を抱えながら律儀に挨拶《あいさつ》した。

「今来たところですか？」

「いや、一時間くらい前」

アオとともに居間に入ると、ヒマワリが言っていた通り、ソファの上でクロが寝息を立てていた。二人の気配に気づいて、うっすらと目を開ける。

「……なんだ、ミライか」

「うわ、傷つくその言い方」

「クロさん、ヒマワリさんは？」

「そのへんで遊んでんだろ」

ミライはごそごそと、ポケットから封筒を取り出した。

「はいこれ、ヒマワリから」

「なんだこれ」

「二人に渡してくれってさ」

「手紙、ですか？　おや、きっちり封蠟《ふうろう》まで」

アオが受け取って、訝しそうに返す返す眺める。

「読んでいいのでしょうか」

「どうぞ」

封を開くと、一枚のカードが現れた。

アオがゆっくりと読み上げる。

「ええと……」

『アオ様、クロ様

秘密のパーティーにご招待します。
場所・庭の大きな木の下
時間・午後三時
どうぞ万障《ばんしょう》お繰り合わせの上ご参加ください』

クロが横から、呆《あき》れたようにカードを覗《のぞ》き込む。

「なんつー言葉知ってんだよ、あいつ」

ひゃひゃひゃ、とミライは笑い声を上げた。形式だけは大人を真似たつたない招待状が、ひどく可愛《かわい》らしい。

「追伸、参加費は無料です——だそうです」

「追伸にする必要あるか？　本文に書けよ」

「追伸、とかわざわざ書きたいお年頃なんだよ。わかってやれ」

アオが、マントルピースの上に置かれた時計を確認する。

「午後三時、もうすぐですね」

「一体何する気だよ。ミライ、お前も片棒担《かつ》いでんのか？」

「言い方。俺は荷物持ちしただけだし」

「家出の書置きではなくてなによりでした。ともかく、庭へ行ってみましょうか」

折角なので、ミライもついていくことにする。残念ながら自分は招待されていないわけだが、これだけ手伝ったのだから見学する権利くらいはあるだろう。何しろ、突然過去に飛ばされて、暇なのだ。

三人は細い煉瓦《れんが》の小道を抜け、生垣を越えてハーブ園を通り過ぎていく。季節はすでに冬だが、南の果てにあるこの島は温暖な気候なのでそれほど寒くはない。

見上げれば、雲一つない気持ちのいい空が広がっていた。庭の大きな木の緑が日の光を受けて、美しい編み目のような影を足下に落とし揺れている。その木漏れ日の中に、先ほどミライが運んだテーブルと椅子が据えられており、テーブルには白いシーツがかけられていた。テーブルクロスの代わりだろうか。

「いらっしゃいませ！　招待状を拝見します！」

ヒマワリが胸を張り、妙にませた口調で彼らを出迎えた。

「はい、こちらです」

アオが先ほどのカードをヒマワリに渡すと、ヒマワリは嬉《うれ》しそうに頷《うなず》いた。

「間違いないです！　では、お席にどうぞ」

「なぁ、何する気だ？」

クロが訝しそうに尋ねるが、ヒマワリは「お客様、お席におつきください！」としか言わない。

一体何が始まるのか、とミライは二人の後ろに佇《たたず》んで様子を見守る。

ヒマワリはテーブルの後ろに回ると、ぱっと身を隠すように蹲《うずくま》った。シーツに隠れて、彼の小さな姿は見えなくなる。カランカラン、とベルが鳴った。

「はじまりはじまり～」

テーブルの上に、ちょこんと人形が現れた。

ヒマワリが手を差し込んで動かしているその人形は、黄色の毛糸がいくつも頭に縫《ぬ》い付けられた、おかっぱ頭の男の子だった。

「昔々あるところに、男の子がいました。男の子は船に乗って冒険に出ましたが、嵐にあってある小さな島に流されてしまいました。男の子は自分の名前も思い出せません」

どうやらその人形が、ヒマワリ自身らしい。

「さみしくて怖くて男の子が泣いていると、大きな巨人が現れました。……どすーん、どすーん」

もうひとつ、人形が登場する。

男の子の人形の倍はある、青い巨人だ。

「巨人は強くてとっても優しくて、男の子に美味《おい》しいごはんを作ってくれました」

アオが目を丸くした。

わたわたとクロとミライに、「俺ですか？　俺ですかね？」と確認する。

「すると今度は、大きな竜が現れました。びゅーん」

巨人の人形を座らせて、竜の人形を片手で持ち上げ、空を飛んでいるように回してみせる。といってもそれはだいぶ不格好で、多分竜、としか言えない造形ではあったが。

「竜は男の子を背中に乗せて、空を飛んでいろんな国を見せてくれました」

クロは無言で眉を寄せただけで、つたない人形劇をじっと見つめている。

「男の子はもう、さみしくありませんでした。巨人と竜も、本当はずっと二人きりでさみしかったので、男の子が来てくれたことを喜びました。三人は約束しました。辛い時は助け合って、嬉しい時は一緒に笑って、家族のように暮らそうと」

（へぇ……）

ミライは感心した。

存外、よく見抜いている、と思う。

アオとクロは認めないかもしれないが、彼らがシロガネを待ち続けながら寂寥《せきりょう》感に苛《さいな》まれていることは、ミライも感じていたことだ。

「そうして男の子は、巨人と竜と一緒に、ずっとずっとその島で楽しく幸せに暮らしましたとさ。——おしまい」

劇が終わる。

ミライは大いに拍手を送った。

物語を考えて、人形を自分で作って、舞台を用意して——ミライも手伝ったが——これを一人でやった企画力と実行力と頑張りは、素直に称賛に値《あたい》する。

肝心《かんじん》の招待客の様子を、ちらと窺《うかが》った。

アオは感動のあまりか、恐ろしいほどがくがくと高速で揺れ続けていた。もはやその姿はほぼ残像のようになっており、よく見えない。

「アオ、おい、大丈夫か？」

「△あ@×6kp○*ぅ8%#……」

言語まで崩壊している。

一方クロはというと、顔を両手で覆って俯《うつむ》いている。

ミライは、恐る恐る話しかけた。

「……もしもし、クロさん？　もしかして、泣いてる？」

すると、「泣いてねぇ……！」と上擦《うわず》った声が、小さく漏れ聞こえてきた。

「目に、ごみが入った、だけだ！」

「その超古典的言い訳、この時代からあるんだ」

人形と一緒にテーブルの向こうから顔を出したヒマワリは、やり遂げた達成感で頰《ほお》を紅潮させ目を輝かせている。その表情は、どう？　褒めて？　と言わんばかりだ。

しかし揺れ続けるアオと俯いているクロを見て、不安そうな面持《おもも》ちに変わる。

「アオ？　クロ？　ねぇ、見てた？」

駆け寄って二人の手を取ると、焦《じ》れたように揺すった。

ようやく落ち着いてきたアオは、こくこくと頷きながらも言葉は出ないようである。
クロは仏頂面《ぶっちょうづら》で赤い目をしながら、
「……俺はもっとかっこいい」
と人形の出来にダメ出しをした。
ヒマワリはそんな二人に、けらけらと笑い声を上げている。
その光景に、ミライの口元には自然と笑みが滲んだ。
――アオと、クロに……また会いたい。もっと一緒にいたかった……もっと……。
死の間際、シロガネが望んだのは、ただこの二人にまた会いたいという願いだけだ。
(会えたぞ、ちゃんと)
目の前の三人は、互いにそのことにまだ気づいていないけれど。
「よかったなぁ……」
誰にも聞こえないほど、小さく呟く。
しかし、微笑ましく彼らを見守りながらも、ミライはわずかな懸念を胸に抱いていた。
(でも――この先はどうなる?)

「──お前、また会えるぜ。あいつらに」

そう告げた、あの日。

これがシロガネが死ぬ直前に会える、最後の機会だろう。

ミライは、これだけは聞いておきたいと思う質問を投げかけた。

「なぁ。結局、お前の研究ってなんだったんだ？」

大魔法使いシロガネは、不老不死を研究し続けそれを手に入れた──と巷間《こうかん》ではいわれている。

「ずっと何か、研究してたんだろ。世間で言われるような、不老不死について……じゃあないんだよな？」

「うん、違うよ」

死を目前にしたシロガネは、なんだかすでに悟り切って人の領域を超えているかのように泰然《たいぜん》としていた。ほんのり微笑みを浮かべながら、その瞳は何もかも見透かすようだ。

「最後だし、俺だけにこっそり教えてくれてもいいだろ？　もちろん、誰にも口外はしないと誓う。時間旅行者としての唯一の楽しみは、この世の誰も知り得ない歴史の真実を知ることだからね。むしろ、この能力を授かった理由はそこにあるかもしれないと、俺の一族は以前から考えてるくらいだ。人類の記憶を見守る者──それが、俺の存在意義なのかもしれない」

冗談めかして言いながらも、ミライは真剣だった。

何を聞いても、すべて己の胸だけにしまうつもりだ。

するとシロガネは、しばし黙り込んだ。

そうして、どこか遠い目で、虚空《こくう》を見つめる。

「……『永遠』を、断ち切る方法」

「え?」

ミライは眉を寄せた。

「永遠を、断ち切る……?」

そう、とシロガネは、静かに告げた。

「僕はこの世から――すべての魔法使いを消し去りたいんだよ」

※この作品はフィクションです。実在の人物・団体・事件などにはいっさい関係ありません。

集英社オレンジ文庫をお買い上げいただき、ありがとうございます。
ご意見・ご感想をお待ちしております。

● あて先
〒101-8050　東京都千代田区一ツ橋2-5-10
集英社オレンジ文庫編集部 気付
白洲　梓先生

集英社
オレンジ文庫

魔法使いのお留守番(上)

2024年5月25日　第1刷発行
2024年6月30日　第2刷発行

著　者　白洲　梓
発行者　今井孝昭
発行所　株式会社集英社
〒101-8050東京都千代田区一ツ橋2-5-10
電話【編集部】03-3230-6352
【読者係】03-3230-6080
【販売部】03-3230-6393（書店専用）
印刷所　TOPPAN株式会社

ISBN 978-4-08-680557-5 C0193